Alle anderen sind komisch

AF215101

Martina Grünebaum

Alle anderen sind komisch

Roman

1. Auflage

ISBN: 978-3-748108-98-6

Für Nico

Das Buch

Ich habe das Buch nicht gelesen. Eigentlich lese ich sehr gern. Aber dieses hat mir nicht gefallen. "Nehmt bitte eure Etuis heraus. Keine weiteren Unterlagen auf dem Tisch. Wir schreiben heute, wie angekündigt, die Klassenarbeit über die Lektüre, die ihr zu Hause gelesen habt." Unsere Lehrerin verteilt die Aufgabe. Sie legt die Arbeitsblätter mit der Rückseite nach oben auf unsere Tische, um zu verhindern, dass einige von uns früher anfangen. Trotzdem dreht der eine oder andere das Blatt vorsichtig herum, um einen Blick zu erhaschen. Auch mein Sitznachbar. "Lass das bitte, das ist doch verboten! Das ist nicht fair den anderen gegenüber", raune ich ihm zu. "Blödmann!" Ich verstehe nicht, was er mit dieser Bemerkung meint. Wenn einer blöd ist, dann schreibt er schlechte Noten. Ich bin aber sehr gut in der Schule. "Warum Blödmann?", frage ich. "Du bist bescheuert!" Gerade als ich beginnen will, ihm dieses Wort zu erklären, beugt sich meine Lehrerin zu mir hinab. "Können wir anfangen?" "Ich kann nicht sagen, ob wir anfangen können. Aber ich kann. Ich habe einen Stift und das Aufgabenblatt." Meine Klassenkameraden lachen. Das Gekreische und Gekicher dröhnt in meinen Gehörgängen. Am liebsten würde ich mir die Ohren zuhalten, aber ich widerstehe der Versuchung. Ohren zuhalten ist unhöflich. Und ich bin immer höflich. "RUHE!" Diese Brüllerei ist furchtbar. Ob meine Lehrerin weiß, dass ihr Gesicht sich beim Meckern fratzenartig verzieht? Ich bin unschlüssig, ob ich es ihr mitteilen soll. Bestimmt hat sie auch viele Falten um ihre Augen herum. Aber das kann ich nicht genau sagen, denn ich vermeide es jemandem in die Augen zu blicken, ich konzentriere mich lieber auf die Nase. "So, und nun keine weiteren Diskussionen! Ihr dürft jetzt anfangen." Unsere Lehrerin eilt zu ihrem Pult zurück und setzt sich auf den Schreibtischstuhl, der stöhnend quietscht. Ich glaube, ich weiß den Grund. Aber es bleibt keine Zeit meine Mutmaßungen weiter zu erörtern, denn alle meine Klassenkameraden drehen wie auf Kommando das Arbeitsblatt herum. Warum diese Hektik? "Da ihr alle die Lektüre gelesen habt, dürfte die Arbeit kein Problem darstellen." Ich habe das Buch nicht gelesen. Warum soll ich etwas lesen, das mir nicht gefällt? Um mich herum herrscht emsiges Treiben. Alle schreiben oder kritzeln ohne Unterbrechung. Derweil klatschen dicke Regentropfen an die Fensterscheiben. Dieses Geplätscher macht mich nervös. Unruhe mag ich nicht. Meine Therapeutin würde sagen, dass Konzentration bei Lärm nicht zu meinen Stärken gehört. Allerdings Stärken habe ich viele!

Der Sportunterricht

"Schaust du mich bitte an, wenn du mit mir sprichst." "Look at the person" heißt das auf Englisch. Aber ich schweige und versuche meinen Sportlehrer mit einem Nasenblick zufrieden zu stellen. Englisch ist mein Lieblingsfach und Sport gehört zu den Fächern, die ich abwählen würde. Alle Mitschüler rennen unkontrolliert durch die Halle. Schubsen, Drängeln und Kreischen, nur unterbrochen von den Schreien des Lehrers. Kann er auch leise reden? Die Luft in diesem rechteckigen Gebäude ist abgestanden, der für uns Menschen nötige Sauerstoff auf ein Minimum beschränkt. Ich bin mir nicht sicher, ob ich diese Information an unseren Sportlehrer weiterleiten muss. Schließlich ist er für unsere Sicherheit zuständig. "So Daniel, hast du eine Gruppe gefunden?" "Hm", summe ich, "Hm." Meine Klassenkameraden haben bereits Arbeitsgemeinschaften gebildet, tuscheln, kichern, wispern und lachen. "Daniel! Wir haben nicht den ganzen Tag Zeit." "Das weiß ich", antworte ich und beehre ihn mit einem wertvollen Nasenblick, "wir haben zwei Stunden Sport." Ich finde es ausgesprochen wichtig, ihn daran zu erinnern, dass für Sport nur zwei Schulstunden vorgesehen sind. Mein Kommentar, oder vielleicht etwas anderes, wer kann das schon so genau wissen, veranlasst meine

Schulkollegen den Lärmpegel zu erhöhen. Schnell halte ich mir die Ohren zu, obwohl das unhöflich ist. Mein Sportlehrer zerrt an meinen Armen. Ich weiche zurück. Angefasst zu werden ist mir zuwider. Sein Mund bewegt sich auf und zu. Er erinnert mich ein wenig an einen Fisch auf dem Trockenen, der nach Luft schnappt. Schritt für Schritt weiche ich zurück, bis plötzlich ein Gegenstand meinen Rückzug blockiert. Alles geht schnell, ich verliere den Halt, dann falle ich. Ohrenbetäubender Lärm bricht über mich herein, ergießt sich wie Starkregen, der auf ein Gewitter folgt. Meine Ohren sind dem Krawall schutzlos ausgeliefert, da meine Hände instinktiv den Sturz gebremst haben. Der Lärm entpuppt sich als Lachen. Lachen die über mich? Man lacht niemals über eine Person, die sich verletzt haben könnte. Wissen *d i e* das denn nicht?

Das Kleeblatt

Wer vierblättrige Kleeblätter findet, der hat Glück. Ich finde sogar fünfblättrige Kleeblätter. Vor kurzem habe ich eins an unserer Bushaltestelle entdeckt. Das Bushaltestellenhäuschen im Dorf ist von einem kleinen Grünstreifen umgeben. Neben dem aus Holz gezimmerten Unterstand befinden sich eine Bank und ein paar Bäume. Und dort, wo unzählige Menschen auf den Bus warten, stand es. Nachdem ich es gepflückt hatte, habe ich es jedem im Bus auf dem Weg zur Schule gezeigt. Das kann man doch machen, oder? Manchmal finde ich die Sitten und Gebräuche, ich glaube man bezeichnet sie als Manieren, sehr kompliziert. Um es noch verwirrender zu gestalten, gibt es in jedem Land unterschiedliche davon. Wer hat das nur erfunden? "Was machst du da?" Schlagartig werde ich aus meinen Überlegungen gerissen. "Ich bin auf der Suche nach fünfblättrigen Kleeblättern", antworte ich und fixiere das Fleckchen Grün, das unseren Schulhof einrahmt. Von der Seite betrachte ich, wer mich begleitet. Gesellschaft ist wichtig, besonders Freunde zu haben. Leider habe ich nicht viele, aber meine Eltern sagen, wirklich gute Freunde sind rar. Was immer das auch bedeuten mag. "Es gibt keinen Klee mit fünf Blättern." Gerade, als ich dem Jungen neben mir erklären will, dass ich schon einige von dieser Sorte gefunden habe, rennt er los.

Damit ich mich besser konzentrieren kann, nehme ich morgens Tabletten. Vielleicht sollte er auch mal eine nehmen? Um mich herum rennen und toben unzählige Kinder. Große und Kleine, Dicke und Dünne, alle kreischen, schreien und lachen. Pausen sind mir zuwider. Alle drängeln und schubsen. Regeln scheinen vergessen. Die Versuchung ist groß, mir wieder die Ohren zuzuhalten, um diesem Lärm zu entgehen. Aber nein, bloß nicht unhöflich sein! Um mich abzulenken begebe ich mich weiter auf die Suche nach dem Kleeblatt. Auf Englisch heißt ein vierblättriges Kleeblatt "four-leaf clover". Hm, ob es auch ein Wort für fünfblättrige Kleeblätter gibt? Sprachen zu lernen macht mir Spaß. Es gilt Regeln einzuhalten und Wörter auswendig zu lernen. Letzteres ist keine Schwierigkeit für mich, so lange es etwas Sinnvolles ist. Sprachen zu lernen gehört definitiv dazu.

Die Fahrt

Die Welt draußen saust vorbei. Bäume, Büsche, Felder, Häuser, Bäume, Büsche, Felder, Häuser. Es ist wunderschön, einmal mal nichts zu machen. Manchmal liege ich einfach auf dem Boden meines Zimmers und fröne dem Nichtstun. Sobald mein älterer Bruder das sieht, schreit er mich an: „Lieg nicht faul auf dem Boden herum!" Warum müssen Menschen immer laut werden? Bäume, Büsche, Felder, Häuser, Felder, Häuser, Bäume - wir rasen über die Autobahn. Mir gefällt es besser, wenn wir langsamer fahren. Dann kann man alles genau erkennen. Die Kronen der Bäume, die ihre Blätter im Wind wiegen, Schmetterlinge in weiß und gelb, die über Felder fliegen und Vögel, die in dem Buschwerk Rast machen. Auch wenn man nichts macht, macht man etwas. Mein Bruder versteht das nicht. "Sind wir gleich da?", frage ich. Meine Mutter sitzt am Steuer und konzentriert sich auf den Straßenverkehr. Es sind sehr viele Autos unterwegs. "Laut Navi noch zwanzig Minuten." Ich blicke auf das Navigationsgerät. "Jetzt sind es nur noch neunzehn Minuten", sage ich und beobachte weiterhin die Welt, die an uns vorbeizieht. Seit einigen Wochen fahren wir einmal die Woche zum Autismus-Therapie-Zentrum kurz ATZ genannt. Büsche, Felder, Häuser, Büsche, Häuser,

13

Häuser, Häuser ... "Wir sind jeden Augenblick da." "Gut", erwidere ich. Was gibt es auch mehr zu sagen. "Freust du dich?", will meine Mutter wissen. "Ja, klar", antworte ich, doch anscheinend habe ich nicht die richtige Betonung der Worte getroffen, denn meine Mutter fühlt sich verpflichtet noch einmal zu fragen. "Freust du dich wirklich?" "Ja, klar!!", erwidere ich erneut, "habe ich doch schon gesagt!" Meine Mutter sagt nur "Hm" und macht sich auf die Suche nach einem Parkplatz. Von hier aus kann man das Gebäude vom ATZ schon sehen.

Begrüßungsregel

Bei älteren Menschen sagt man "Guten Tag". Ansonsten reicht ein "Hallo" oder ein kurzes "Hi". Das gefällt mir besonders gut, da ich gern Englisch spreche. Definitiv eine meiner Stärken! Die Kunst des Grüßens besteht nun darin, herauszufinden wer alt oder älter ist. Am besten ist es "Hallo" zu sagen, glaube ich zumindest. Nachdem meine Mutter einen Parkplatz gefunden hat, steigen wir aus dem Wagen. Dann machen wir uns zusammen auf den Weg zum ATZ. Auf dem Weg dorthin begegnen wir einigen fremden Menschen, die meine Mutter mit einem "Guten Tag" begrüßt. Ich entscheide mich für ein gemurmeltes "Hallo" ohne wertvollen Nasenblick. Nicht jeder scheint mit den Gepflogenheiten des Grüßens vertraut zu sein. Einige Passanten erwidern den Gruß, aber einige andere gehen wortlos vorbei. Da sieht man mal wieder wie kompliziert das alles ist, wenn selbst Erwachsene sich nicht auskennen. "Gleich sind wir da", sagt meine Mutter und unterbricht die angenehme Stille. "Du freust dich bestimmt schon." "Ja, klar", antworte ich betont lang gezogen und unterdrücke den Impuls, sie daran zu erinnern, dass sie mich nicht zum ersten Mal fragt. Nachdem wir eine Glastür geöffnet haben, befinden wir uns im Treppenhaus des Gebäudes. Als die Glastür ins

Schloss fällt, verstummen automatisch die Geräusche der vorbeifahrenden Autos auf der Hauptstraße. Es sind etliche Stufen, bis wir endlich am Ziel angekommen sind. Die Luft im Treppenhaus ist stickig und ich wünschte wir hätten den Aufzug genommen. Angeblich ist es besser für die Gesundheit, Treppen zu steigen. Was, bitte schön, soll daran gesünder sein, eine Stufe nach der anderen zu erklimmen und schwitzend und außer Atem oben anzukommen? Wir müssen läuten. Meistens dauert es sehr lange, bis jemand kommt. Warten gehört nicht zu meinen Lieblingsbeschäftigungen. Überhaupt finde ich es lästig, wenn man sich verabredet und dann den Termin nicht pünktlich einhält. Eine UNSITTE!

Pünktlichkeit

Ich vermeide es, etwas zu machen, bei dem ich nicht hundertprozentig sicher bin, dass es richtig ist. Welchen Sinn macht es, Halbwissen weiter zu geben? Auch dieses Nachfragen liegt mir nicht. Keine Ahnung, warum nicht. Lieber lasse ich offen, was ich nicht weiß, statt andere mit meinen Fragen zu belästigen. Aber Nachfragen ist ausdrücklich erlaubt und erwünscht, sagt meine Therapeutin. Ich bin mir unsicher, ob jedem Lehrer dies bekannt ist. "Wie spät ist es?", frage ich meine Mutter, die auf einem der Stühle im Wartebereich Platz genommen hat, nachdem uns endlich die Vordertür geöffnet worden ist. "In wenigen Minuten 16.30 Uhr", antwortet meine Mutter nach einem flüchtigen Blick auf ihr Handy. "Nein, es ist exakt halb", werfe ich ein, denn die Zahlen sind gut zu erkennen. Da ist sie wieder, diese Unsitte - Unpünktlichkeit. Angeblich ist es immer wichtig pünktlich zu sein. Aber anscheinend weiß das nicht jeder. Oder gilt diese Regel nicht für jeden? "Wie spät ist es jetzt?", frage ich erneut und stampfe mit meinen Füßen auf. "Drei Minuten später. Und mach bitte nicht so einen Lärm." Ich drehe mich um meine eigene Achse und fixiere die Türen der Zimmer. Hier gibt es viele Räume, sogar eine Küche und eine Turnhalle. "Lass das bitte sein!", tadelt meine Mutter und fasst mir an die Schultern. Ich weiche zurück.

Therapiestunde

Endlich kommt Frau Müller, meine Therapeutin. Sie verabschiedet jemanden. Ich stampfe wieder mit meinen Füßen auf. "PST!", zischt meine Mutter wie eine angriffsbereite Schlange im Hintergrund. Warum nur? Ist es denn verboten mit rhythmischen Bewegungen darauf hinzuweisen, dass unser Termin bereits seit einigen Minuten angefangen hat? Die Regel mit der Pünktlichkeit scheint nicht besonders wichtig zu sein. "Hallo", sage ich stattdessen laut, um Frau Müller auf mich aufmerksam zu machen. Stampfen scheint ja eher unpassend zu sein. Während meine Mutter hinter mir einen weiteren Zischlaut von sich gibt, winkt mir Frau Müller zu. "Tut mir leid, dass wir heute später beginnen. Das nächste Mal klopfst du an meine Tür." Ich bin mir nicht ganz sicher, ob dies wirklich richtig ist. Eigentlich mögen es Leute nicht, wenn sie unterbrochen werden. Insbesondere in der Schule habe ich diesbezüglich negative Erfahrungen gemacht, obwohl ich unsere Lehrerin höflich daran erinnert hatte, dass die Stunde zu Ende ist, wenn der Gong ertönt. Uns dann noch Hausaufgaben aufgeben zu wollen, ist reichlich unverschämt. Alle meine Klassenkameraden teilten meine Meinung. Das ist nicht immer so. Aber unsere Lehrerin war nicht zu überzeugen. *Kom-*

pliziert! "Sollen wir?", fragt Frau Müller und ich nicke zur Bestätigung. Wir nehmen in einem der Zimmer Platz. Dann geht es los. Wir sitzen uns gegenüber. Von dort wo ich sitze, sehe ich einen Schreibtisch, beladen mit Papierstapeln und Dokumenten. Hinter mir befindet sich eine bequeme Sitzecke, die zum Ausruhen einlädt. Doch heute wollen wir etwas erarbeiten. Diese Art von Arbeit beinhaltet die Beantwortung einer Menge Fragen. Wie alt ich bin? Das ist einfach. Ich bin zwölf Jahre alt. Wie groß? Keine Ahnung. Ich bin nicht klein und nicht groß, irgendetwas dazwischen. Mein Bruder ist größer, aber der ist auch älter. In meiner Klasse sind einige gleich groß, einige aber auch kleiner.

"Hm." "Sollen wir messen?" Ich nicke. Guter Vorschlag, denke ich und schon zaubert sie eine Messlatte aus einem Schrank. Na, wer sagt es denn? Endlich eine messbare Größe. Doch bereits eine der weiteren Fragen erweist sich als unlösbare Aufgabe. Meine Schuhgröße. Einem Impuls folgend ziehe ich meinen Schuh aus. Doch obwohl Frau Müller mich lobt, muss ich enttäuscht feststellen, dass trotz genauer Inspizierung keine Größenangabe mehr zu erkennen ist. Schade. "Hm", grüble ich erneut und spiele mit einem Stift. Meinen Schuh habe ich bereits wieder angezogen. "Was wollen wir hinschreiben?", fragt Frau Müller. Ratlos drehe ich den Kugelschreiber hin und her. "Möchtest du raten?" Ich schüttele meinen Kopf. Raten finde ich nicht gut. Wenn man etwas nicht genau weiß, sollte man es lieber offen lassen. "Möchtest du deine Mutter später fragen?" "Ja", antworte ich und lasse den Stift zwischen meinen Fingern hin und her gleiten, bevor wir weiter arbeiten. Diese Art von Arbeiten gehört nicht zu meinen Lieblingsbeschäftigungen. Zum Glück machen wir auch tolle Sachen: Kochen, Trampolin springen, Instrumente spielen, um nur einige aufzuzählen. Nach anderthalb Stunden machen wir uns wieder auf den Heimweg. Wir rasen zurück über die Autobahn.

Ruhe!

Unsere Klassenlehrerin stellt sich vor ihr Pult und bittet wiederholt um Aufmerksamkeit. "Seid ihr bitte einen Moment ruhig?!" Diese Art der Formulierung verwirrt mich. Leider ist für mich nicht ersichtlich, ob es sich um eine Frage oder um einen Befehl handelt. "Ruhe bitte!", ruft sie erneut und trommelt mit ihren Fingern auf die hölzerne Oberfläche des Schreibtisches. Auch meine Mitschüler scheinen verdutzt, denn sie reden weiter. "Shut up!!!", schreie ich und sofort tritt Stille ein. Na, wer sagt es denn. So wird das gemacht. "Daniel!" "Ja, bitte", antworte ich höflich und bemühe mich meine Lehrerin anzustarren. Bestimmt will sie mir danken. "Daniel, was fällt dir ein in die Klasse zu brüllen?" "Ich", bringe ich stammelnd hervor, "ich, wollte Ihnen nur helfen." "Nicht nötig, ich kann das schon allein." Ich bin versucht ihr mitzuteilen, dass sie ohne meine Hilfe diese Ruhe und Aufmerksamkeit niemals errungen hätte, doch ich schweige, bevor ich wieder mal etwas Falsches sage. Wie schafft man es, herauszufinden wann jemand Hilfe benötigt? Hilft man jemandem kann es verkehrt sein, hilft man nicht, ist es auch nicht richtig. Während ich noch über dieses merkwürdige Verhalten nachdenke, ergreift unsere Lehrerin erneut das Wort. "Nun gut, da endlich Ruhe eingekehrt ist... *Dank mir, denke ich und höre auf- merksam zu, damit ich dieses Mal jedes Detail verstehe*. „Eigentlich wollte ich euch nur mitteilen, dass morgen ein besonderer Tag ist. Wir sind mit dem Arbeitsbuch fertig und können die Zeit nutzen, um etwas Außergewöhnliches zu unternehmen." Meine Klassenkameraden jubeln und rufen: "TOLL!" anstatt erst einmal abzuwarten, was wir überhaupt vorhaben. Mal abgesehen davon, dass doch jeder Tag etwas Besonderes ist. Ich nehme mein Etui und schmeiße es in die Luft. "Daniel!"

"Hm", antworte ich und fahre damit fort meinen Stiftebehälter in die Höhe zu werfen. Es ist schon eine Kunst, diesen geschickt wieder aufzufangen. "Daniel, das stört den Unterricht." Wie kann etwas den Unterricht stören, wenn wir keinen Unterricht machen? Und warum ist es nicht störend, wenn meine Klassenkameraden jubeln und kreischen, während ich nur mein Schreibmäppchen in die Höhe schnellen lasse, um meiner Freude Ausdruck zu verleihen? "Daniel, warum machst du das?" Wenn ich es mir recht überlege, kann ich diese Frage nicht hundertprozentig beantworten. Manchmal agiere ich, ohne einen Grund für mein Benehmen nennen zu können. "Daniel, hör bitte auf. Ja, drehen denn heute alle am Teller?" Ich muss lachen, da ich mir vorstelle, wie jeder meiner Mitschüler einen Teller vor sich liegen hat und diesen hin- und her dreht. Drehen Linkshänder den Teller zuerst nach links?

Tastschreiben

"PUH!!" Zum wiederholten Mal schüttele ich meine Finger aus. Längeres Schreiben fällt mir schwer. "Tippt diesen Text bitte zweimal ab!" Ein Stimmengemurmel geht durch die Klasse. Ich interpretiere dieses Geräusch als missmutiges Zustimmen. Etwas tolerieren, das man eigentlich lieber ablehnen würde. Blöd! Leben wir nicht in einer Demokratie? "Hm", murmele ich und wage dann meinen angestauten Missmut in eine Frage zu verpacken. "Warum zweimal?", platzt es aus mir heraus. Im Hintergrund ertönt wieder dieses Raunen. Meine Lehrerin blickt mich an. Ich weiche ihrem Blick aus und betrachte intensiv die Oberfläche meines Schreibtisches. "Durch die Wiederholung prägt sich die Handhabung ein und ihr gewinnt an Schnelligkeit. Das ist wissenschaftlich erwiesen", fügt sie nach einer kurzen Pause hinzu. "Aha", antworte ich, "trotzdem blöd." Wir sitzen vor den Computern und üben mit allen zehn Fingern zu schreiben. Das ist furchtbar anstrengend. Unsere Hände sollen wir mit einem Tuch abdecken, damit wir "blind" schreiben können. Man könnte ebenso gut die Augen schließen. "Ich bin fertig!" "Ich auch!" Erstaunlich. Ist das möglich? Unsere Lehrerin schreitet durch die Klasse und nimmt die fertigen Arbeitsblätter entgegen. "Fertig!", ertönt es rechts neben mir. Es würde mich schon interessieren, wie viele Fehler die gemacht haben. Fehler dürfen nicht verbessert werden. Das heißt Fehler vermeiden. Daher tippe ich Buchstabe für Buchstabe. Ganze Wörter zu schreiben wäre besser, anstatt diese Aneinanderreihung von Vokalen und Konsonanten, die keinen Sinn ergeben. Mist! Jetzt stehen dort zwei K anstatt nur einem. Ist das ein Fehler? Ich denke nicht. So, schon ist es weg!

Etwas Neues probieren

Try something new today. Das ist Englisch. Meine Lieblingssprache. Try something new bedeutet, dass man etwas Neues ausprobieren soll. Leichter gesagt als getan. Aber heute habe ich es geschafft!! In unserer Mittagspause gehen wir immer in die Mensa. Natürlich nur, wenn man sich im Vorfeld zum Essen angemeldet hat. Klassenweise machen wir uns nach der sechsten Stunde auf den Weg - geordnet und gesittet, aber einigen scheinen diese Begriffe nicht geläufig zu sein, obwohl sie Deutsch als Muttersprache bezeichnen. Ist schon eigenartig. Nachdem wir den Schulhof überquert haben, müssen wir nur noch eine Treppe hinauf, schon befinden wir uns an dem Ort, an dem jeden Mittag das Essen ausgeteilt wird. "Bitte nicht so viel", sage ich freundlich zu der Dame, die meinen Teller füllt. Danach mache ich mich auf den Weg einen Platz zu finden. Den Teller unbeschadet und vor allem mit dem kompletten Inhalt zum Tisch zu balancieren, ist nicht einfach. "Kannst du nicht aufpassen!" Mitschüler drängeln sich vorbei und belegen einen Platz nach dem anderen. Es gibt keine feste Sitzordnung, daher dauert es ein wenig, bis ich einen Platz gefunden habe. "Hier ist besetzt!" Da dieser Stuhl frei ist, kann mich niemand meinen. Ich bin erleichtert, dass alles auf dem Teller geblieben ist. "Ey, hier ist besetzt!" Schon habe ich mich hingesetzt und den Plastikstuhl näher an den Tisch gerückt. "Hörst du schlecht?" Erst jetzt bemerke ich, dass diese Frage mir zu gelten scheint. Einen kurzen Nasenblick und ein freundliches: "Nein, wieso?" "Dieser Stuhl ist besetzt!" Ich bin mir unsicher, was diese Äußerung zu bedeuten hat. Na klar, ist der Platz nicht mehr frei. Denn schließlich sitze ich dort. Kurzum beschließe ich diesem unsinnigen Gespräch ein Ende zu setzen und konzentriere mich auf meine Mahlzeit. Übrigens: die Übersetzung für Linsensuppe auf Englisch ist lentil soup. Wie auch immer es heißt, ich begutachte die erbsengroßen Linsen mit Argwohn. Einfacher fällt es mir, neue Süßigkeiten zu probieren, zumindest die mit Schokolade. Try something new today. Ob ich das "today" (heute) vielleicht auf "tomorrow" (morgen) verschiebe? 'Try something new today' geistert erneut durch mein Gehirn. Voller Tatendrang schaufele ich ein paar der Pseudoerbsen auf den Löffel. Langsam öffne ich meinen Mund und schließe instinktiv die Augen, als die Suppe meine Zunge berührt. Schnell den Mund schließen und kauen, schlucken, kauen, schlucken. Na, wer sagt es denn. Ich habe es geschafft, ein neues Lebensmittel auf meinen Speiseplan zu setzen. Meine Eltern werden stolz auf mich sein. Linsen schmecken. Natürlich nicht so gut wie Muffins oder andere Schokoladenplätzchen. „Hi." Ich blicke kurz auf. Ein Klassenkamerad geht an meinem Tisch vorbei. "Wal!", antworte ich und widme mich wieder meinem Teller. Bis der ganze Inhalt in meinem Magen verschwunden ist. 'Try something new today'. Habe ich! Um mich herum leeren sich die Tische. Alle strömen nach draußen, um die restlichen Minuten auf dem Schulhof zu verbringen. Ich habe keine Eile. Hier ist es viel ruhiger. Deshalb zögere ich mein Gehen ein wenig hinaus. "Hat es dir geschmeckt?" Ich schaue nur kurz auf, um den Fragensteller zu lokalisieren. Eigentlich unnötig, denn ich kann mir schon denken, wer im Vorbeigehen noch einige Details erfragt. Natürlich einer der Lehrer. "Ja, natürlich", antworte ich betont lang gezogen. Ein kurzes Ja wird meist missverstanden. Bei einer betont lang gezogenen Zustimmung ist von vorneherein alles geklärt.

Bowling

„Wie viele Gossen hast du geschmissen?" "Hm, ich weiß es nicht. Ich zähle niemals wie viele Gossen ich geworfen habe." Mein Gegenüber scheint mit dieser Antwort nicht zufrieden zu sein. Wie ist es sonst zu erklären, dass diese Frage erneut gestellt wird? "Hä, du musst doch wissen wie oft du daneben geschmissen hast." "Nein, weiß ich nicht. Warum muss man das wissen?", frage ich und beehre meinen Sitznachbarn mit einem Nasenblick. Um uns herum sind Leute aller Größen und Altersgruppen, bemüht mit löchrigen, schweren Kugeln zehn Kegel oder Pinne umzuwerfen. Bei der ein- oder anderen Bahn knallt es bedenklich, wenn die Kugel fallen gelassen wird. "Mist! Habe schon wieder nicht getroffen. Schon die siebte Gosse!", nörgelt Tim und setzt sich auf seinen Stuhl. "Hörst du, jeder zählt die Gossen", sagt mein Gegenüber. "Ich nicht", antworte ich, "wozu auch?" Das Gespräch scheint beendet, denn es folgt kein weiterer Kommentar. Gut so! Führt auch zu nichts, solche komischen Reden. Allerdings habe ich schon gelernt, dass Menschen sinnlose unehrliche Konversation lieben. Es gilt als höflich zu bemerken, dass jemand ein paar Kilos abgenommen hat. Aber Vorsicht?! Hat jemand zugenommen, darf man es nicht erwähnen. Hat jemand einen neuen Pullover an, bezeichnet man diesen als schön, auch wenn er einem nicht gefällt. Mir persönlich ist es lieber die Wahrheit nicht zu verschweigen, aber... "Du bist an der Reihe!" Ich schrecke auf. "Du bist dran!" "Ach so, danke", murmele ich und stehe auf. Langsam gehe ich nach vorne und begutachte die Kugeln. Schöne Farben. Grüne, gelbe, rote aber auch bunte Kugeln. Ich kann mich nicht entscheiden. Die Kleineren sind leichter, aber meistens fallen nicht so viele Pinne um. Die Bunten sind sehr schwer. Warum müssen die eigentlich so schwer sein? "Nun mach schon hinne, wir wollen auch noch!" Wie ich es hasse, wenn man in eine Entscheidung gedrängt wird. Es ist nicht das erste Mal, dass ich zum Bowling gehe. Zu einer Geburtstagsparty eingeladen zu werden ist toll, nicht wahr? Meine Eltern freuen sich immer sehr, wenn ich mit einer Einladung nach Hause komme. Ich freue mich auch. Muss man auch, oder nicht? "Boh, nun nimm doch eine von den verdammten Kugeln. Und wirf!!" Ich muss schmunzeln. "Warum sind die Kugeln verdammt?" Ich drehe mich Richtung Tisch. Vier Jungen und drei Mädchen starren in meine Richtung. Schnell wende ich mich ab, nehme eine dicke, bunte Kugel und wuchte diese auf die Bahn. Es knallt sehr laut! Dann rollt die Kugel gemächlich los.

Zentimeter für Zentimeter. Eiert hin und her, als ob sie unschlüssig ist, worin ihre eigentliche Aufgabe besteht. "Die geht bestimmt in die Gosse!", ruft jemand hinter mir. Ich antworte nicht, sondern gehe zu meinem Platz zurück. Lohnt sich nicht der Kugel hinterher zu blicken. Was auch immer geschieht, ein Eingreifen meinerseits ist ausgeschlossen. "Ich glaube es nicht! Ein Spare!!" "Wahnsinn! Hey. Daniel, du hast einen Spare geworfen." "Ist doch gut, oder?", antworte ich und genehmige mir einen Schluck aus meinem Wasserglas.

Ein Krimi

"Unsere nächste Klassenarbeit behandelt das Thema: Krimigeschichten." Einige meiner Mitschüler rufen: "TOLL! KLASSE!" Leider kann ich deren Euphorie nicht teilen. Logische Geschichten zu schreiben fällt mir schwer. Aber ich weiß was Krimigeschichte auf Englisch heißt. Whodunnit or crime story. Wobei ich das erste Wort bevorzuge, weil es so lustig aussieht. "Ich habe euch ein paar Vorgaben an die Tafel geschrieben. Bitte arbeitet diese in eure Geschichten mit ein." Hektisches Papierrascheln, gefolgt von einer unheimlichen Stille deutet darauf hin, dass alle die Aufgabe verstanden haben. Unsere Lehrerin dreht eine Runde durch die Klasse, bevor sie es sich auf ihrem Schreibtischstuhl gemütlich macht, der kurz quietscht. Habe ich schon erwähnt, dass ich weiß warum der Drehstuhl quietscht? Dies gehört allerdings zu den Dingen, die man nicht erwähnen sollte. Also schweige ich und starre stattdessen ins Leere. Wobei ich versuche die Schlüsselwörter an der Tafel zu einer Geschichte zu verarbeiten. In meinem Kopf ist ein Gewirr, ein Wollknäuel, das sich hoffnungslos verheddert hat. Es ist kein Anfang zu erkennen, von einem Ende ganz zu schweigen. "Wer in der Schulstunde nicht fertig wird, beendet die Geschichte bitte zu Hause." „Nicht fertig", ist nett ausgedrückt. Bis jetzt hat sich noch kein einziger Buchstabe auf mein Blatt verirrt. Einem plötzlichem Impuls folgend beginne ich die Vorgaben abzuschreiben. Wenn das keine gute Idee ist? Dunkelheit, Kommissar Lichte, Hund Max, Frau, Messer. "Eine Geschichte sollte so aufgebaut werden, dass die Spannung jeden dazu zwingt, weiter zu lesen." Was für ein Quatsch! Was sollte jemanden daran hindern, ein Buch zuzuklappen und zur Seite zu legen? Ich habe damit keine Schwierigkeiten. Ist doch einfach! "Ich habe schon eine Seite geschrieben", verkündet eine Mitschülerin. "Pah, ich bereits zwei Seiten!" Doch nicht jeder scheint einen literarischen Zugang gefunden zu haben. Als ich meinen Blick durch die Klasse schweifen lasse, entdecke ich den ein- oder anderen meiner Mitstreiter, der wie ich Gedanken zu sammeln scheint. "Oh, Daniel. Du hast noch nicht angefangen." Versunken in meine fiktive Geschichte schrecke ich auf. Unbemerkt von mir hatte sich meine Lehrerin entschieden ihrem Stuhl eine Pause zu gönnen. "Ist dir die Aufgabe nicht klar?" Blöde Äußerung, aber ich zwinge mich keinen Kommentar abzugeben. "Ihr solltet den Rest der Stunde nutzen und nicht die Zeit vertrödeln." Nun scheint mir der Augenblick angemessen, eine Konversation zu beginnen. "Ich trödele nicht! Ich denke!!!" Einige meiner Schulkollegen kichern. Keine Ahnung warum. Vielleicht ist ihnen etwas Lustiges für die Geschichte eingefallen. Aber ist eine Krimigeschichte lustig?

Reitunterricht

Der Himmel ist blau und weiß, bevölkert mit Kamelen und Drachen, Fischen und undefinierbaren Kreaturen. "Was möchtest du heute machen?" Es ist ein tolles Gefühl, die Energie des Pferdes zu spüren und sich den rhythmischen Bewegungen des Körpers anzupassen. Wir schreiten im leichten Schritt über den Reitplatz. Ich überlege, während ich jede Sekunde genieße. Ein Blick in den Himmel und ich entdecke einen riesigen Drachen mit aufgerissenem Maul. "Da, ein Drache!" Meine Reitlehrerin lacht, blickt nach oben und nickt dann zustimmend. "Tatsächlich. Also was möchtest du machen?" "Galoppieren", sage ich. "Ok." Ich gebe die notwendigen Hilfen und schon sausen wir los. Der Wind erfrischt mein Gesicht, während die Mähne meines Pferdes wie eine Fahne im Wind weht. Herrlich! Zweimal um den Reitplatz, darauf achtend, dass wir immer den Weg erreichen, den man übrigens Hufschlag nennt. Bevor wir traben und danach wieder unser Tempo auf Schritt herunterdrosseln. "Lobe ihn. Das habt ihr wirklich toll gemacht." Ich lege mich auf den Hals des Tieres und klopfe mit der flachen Hand. Es schnaubt. Loben ist sehr wichtig. Meine Finger berühren die warme, weiche Haut des Tieres. Reiten ist klasse. "Bleibt auf dem Hufschlag." Das ist nicht schwer. Ich lenke mein Pferd mit den Zügeln und natürlich mit meinen Schenkeln, um die Spur zu erreichen, die unschwer zu erkennen ist. Sport zu treiben ist nicht meine Leidenschaft, aber Reiten ist toll! Obwohl der eine oder andere oft verächtlich sagt: Reiten ist kein Sport. Das kann doch jeder. Draufsitzen und los. Doch das stimmt nicht. Es gibt viel zu beachten. Der richtige Schenkeldruck, Zügelhaltung, der korrekte Sitz, Gewichtsverlagerung, unzählige Dinge, viele davon zur gleichen Zeit. Alles unterliegt Regeln und doch ist es einzigartig. Das Sportgerät ist ein Lebewesen. Ein Tier, das wie ein Mensch gute und schlechte Tage hat. Wir beide sind keine Konkurrenten. Wir sind ein Ganzes. "Möchtet ihr noch einmal galoppieren?" Bei einer solchen Frage muss ich nicht lange überlegen. Schwieriger wird es, wenn ich mich zwischen Dingen entscheiden muss, die alle Spaß machen. Zum Beispiel ob ich mit Sattel, mit Decke oder einfach auf dem warmen Pferderücken sitzen möchte. Das ist kompliziert. Eigentlich unlösbar. "Was ist nun mit dem Galoppieren?" "KLAR!", rufe ich und schon geht es los. Wieder spüre ich den Wind sowie jeden Muskel des Pferdes. Wir sind eine Einheit. Ich liebe Reiten. Schade, dass wir das nicht im Schulsport machen. Dann würde ich auch dort gute Noten bekommen.

Das Trikot

"Das kannst du nicht mehr anziehen. Dieses Trikot ist dir viel zu kurz." "Nein, das passt noch", erwidere ich und stopfe es in meine Sporttasche. Meine Mutter scheint meine Ansicht nicht zu teilen, denn sie nimmt das Shirt wieder aus der Tasche heraus. "Das kann nicht mehr passen!" "DOCH!", erwidere ich und entreiße es ihren Händen. Schnell verstaue ich es in der Tasche und schließe den Reißverschluss. "Daniel!" Ich spüre Tränen in meine Augen steigen. Das macht mich wütend. Ich weiß nicht, was ich machen soll. "Doch", wiederhole ich schluchzend. "Daniel, du musst doch nicht weinen." Tue ich nicht", presse ich hervor. Eigentlich bin ich nicht traurig, eher unzufrieden, oder besser gesagt fuchsteufelswild. Wenn ich mehrmals sage, dass etwas passt, finde ich es schwer zu begreifen, warum mich keiner versteht. Man könnte meinen wir sprechen unterschiedliche Sprachen. Dabei habe ich doch Deutsch gesprochen, oder nicht? "Hast du nicht noch andere Sportoberteile?", fragt meine Mutter und wühlt in meinem Kleiderschrank herum. "Habe schon eins eingepackt!", werfe ich ein, ziehe meine Nase hoch und wische mit meinem Handrücken die Feuchtigkeit aus meinen Augen. Dann nehme ich ein Buch und lege mich auf das Bett. "Hier ist doch noch ein Schönes?" "Ich lese!", sage ich. Es ist mir rätselhaft, wieso das Thema "Trikot" nicht abgeschlossen ist. Es hat die richtige Größe und es ist bereits in der Tasche - Thema erledigt. Aber anscheinend ist es nicht so einfach. Alle anderen sind wirklich komisch. Vor kurzem musste ich einen ähnlich schwierigen Fall in der Schule meistern. Warum stört dummes Gerede niemanden? Fange ich allerdings an zu singen, schreien alle: Aufhören!!! Obwohl ich allen mehrmals gesagt habe, dass es doch unerheblich ist, ob geredet oder gesungen wird, hat meine Argumentation keiner verstanden. Anfangs habe ich dann draußen auf dem Flur gesungen. Aber auch dort wurde mir das Singen untersagt. Selbst die Diskussion mit meinen Lehrern führte zu keinem Ergebnis. Mittlerweile singe ich nicht mehr. Zumindest nicht in der Schule. Nach wie vor finde ich das Verhalten meiner Klassenkameraden eigenartig. Irgendjemand kam zu mir und sagte: "Man singt nicht einfach so." "Warum nicht?" "Weil man das nicht macht." Als ich ihm erklären wollte, dass es sich bei seiner Aussage nicht um eine logische Antwort handelt, lief er davon. "Willst du dieses kurz anprobieren?" Meine Mutter ist immer noch damit beschäftigt, mir irgendwelche Sportklamotten zu präsentieren. "Ich mag keine Sporttrikots mit Namen auf dem Rücken", sage ich und wende mich wieder meiner Lektüre zu. Auch dieses Phänomen gehört zu den ungelösten Rätseln. Warum soll ich etwas anziehen, auf das ein anderer Name gedruckt wurde? Darin sehe ich keinen Sinn!

Gute Vorsätze

Wenn ein neues Jahr beginnt, redet jeder sehr gern über das Vergangene. Immer wieder wird man gefragt: "Hat dir alles gefallen? Was hast du dir für das nächste Jahr vorgenommen?" "Nichts." "Wie nichts?" Es ist wieder einer dieser Momente, in denen ich unsicher bin, ob wir die gleiche Sprache sprechen. Was bitte schön ist an diesem einen Wort misszuverstehen? "Nichts", wiederhole ich, betont langsam. Ich brauche mein Gegenüber noch nicht einmal mit einem Nasenblick zu beehren, um zu wissen, dass der oder diejenige immer noch nicht verstanden hat. "Aber jeder nimmt sich doch etwas vor?" "Ich nicht." Leider ist die Konversation immer noch nicht beendet. "Das bedeutet du bist mit allem zufrieden?" "Ja." Doch auch dieses Wort scheint nicht immer verstanden zu werden. "Du willst nichts ändern?" "Was denn?" Obwohl mein Gegenüber diese Diskussion begonnen hat, stellt sich meistens danach Schweigen ein, wenn man nur höflich fragt, was man denn ändern soll. "Du könntest weniger Süßigkeiten essen." "Das könnte ich, aber warum soll ich das machen? Ich esse gern Süßes." "Wenn man zu viel isst wird man zu dick. Es ist also nicht gut für die Gesundheit." "Hm. Bin ich zu dick?" "Nein, nein, nein das wollte ich damit nicht sagen." Gespräche, die zu nichts führen sind mir ein Gräuel. Die meisten Menschen neigen dazu, nie die Wahrheit zu sagen. Oder diese so geschickt zu verpacken, dass der andere Gesprächsteilnehmer unfähig ist, herauszufinden, was denn eigentlich gemeint ist. Ganz schlimm finde ich es, wenn man anderen Leuten erzählt, was man wirklich von einer bestimmten Person hält, während diese nicht anwesend ist. Eigenartiges Benehmen, oder? Sich irgendetwas für ein neues Jahr vorzunehmen ist doch albern. Unzufriedenheit ist vorprogrammiert. War es gut, soll alles bleiben wie es war. Änderungen kommen von allein, die kann man nicht aufhalten. Menschen sind komisch. Sagt jemand, was er wirklich denkt, ist jeder beleidigt. Sagt man nicht die Wahrheit ist auch keiner zufrieden. Wer soll da durchblicken??? Komplizierte Regeln. Ich bin sehr gern zum ATZ gefahren. Das hat mir Spaß gemacht. Plötzlich fuhren wir nicht mehr, da meine Therapeutin keine Zeit mehr hatte. Schade. Soll ich mir für das nächste Jahr wünschen, dass sie wieder Zeit hat? Quatsch, in Englisch übrigens Bollocks!! Wenn sie jetzt keine Zeit hat, wird sie diese auch im nächsten Jahr nicht haben. Kein Wunsch hat Einfluss auf die Geschehnisse. Es wird, wie es wird. In diesem Zusammenhang gefällt mir der Spruch gut, der in meiner Lieblingslektüre immer wieder auftaucht: „Wenn es nicht gut ist, dann ist es nicht das Ende." (_{Oscar Wilde})

Kosename

Ferien vergehen immer wie im Flug. Kaum sind sie angefangen, sind sie auch schon wieder vorbei. Zurück zur Schule: Alles ist wieder beim Alten, außer dass wir uns in einem anderen Jahr befinden. Über den Jahreswechsel scheinen meine Mitschüler alle Schulregeln vergessen zu haben. Sie rasen durch den Klassenraum und nerven mit sinnlosem Gerede. "Was hast du denn zu Weihnachten bekommen?" "Boh, ist ja toll, das neue Handy! Zeig mal her!" "Echt, ihr wart im Skiurlaub? Krass!" Es dauert endlos lange, bis endlich Ruhe einkehrt. Am liebsten würde ich mir die Ohren zuhalten, aber ich sehe davon ab. - Wegen der Unhöflichkeit. "Wer von euch hat sich etwas Besonderes vorgenommen?" Ich stöhne auf. Da ist sie wieder, diese blöde Frage. Warum braucht man einen Jahresanfang, um sich etwas vorzunehmen? Aber anscheinend ist dies eine Frage, die gestellt werden muss. Ebenso wie man jedem ein Frohes Neues Jahr wünscht. Selbst Leuten, die man nicht kennt und nur durch Zufall auf der Straße begegnet. Hat so ein Wunsch überhaupt Aussagewert? "Ich will gute Noten schreiben!", schreit eine meiner Mitschülerinnen. Alle lachen. Ich bin versucht ihr den Tipp zu geben, sich lieber erreichbare Ziele zu setzen, denn jemand, der in den Hauptfächern

Unterstützung benötigt und deren Kommentare im Unterricht meist zu keinem Erfolg führen, wird bei dem Vorhaben "gute Noten" scheitern. Ich bin mir unsicher, ob es sich nicht um einen Scherz handelt?! "Wie geht es dir, mein Häschen?" "Ich bin kein Häschen!", erwidere ich und blicke meine Lehrerin verständnislos an. "Ich bin kein Häschen und möchte auch nicht so genannt werden." Für den Bruchteil einer Sekunde herrscht Schweigen, dann prasselt es auf mich herab. Aus jeder Ecke des Raumes dringt es an meine Ohren: "Häschen! Häschen! Häschen!" "Ich möchte nicht so genannt werden." "Häschen! Häschen!!!" "ICH BIN KEIN HÄSCHEN!!" Mittlerweile habe ich die Lautstärke meiner Stimme erhöht. Doch auch dies scheint nicht die richtige Vorgehensweise zu sein. Das blöde Wort hallt durch den Klassenraum, gemischt mit Lachen. Ich springe auf und packe mir den erstbesten meiner Klassenkameraden. Ich bin wütend, oder wie auch immer dieses brodelnde Etwas in mir heißt. Meine Finger legen sich um seinen Hals. Ich drücke, versuche das blöde Wort zu stoppen das aus seiner Kehle dringt. "Häschen!! Hahaha!" "STOPP!!!" Meine Lehrerin trennt uns. Sie meckert und schimpft. Erläutert mir, dass man so etwas nicht macht. Ich versuche ihr zu erklären, dass ich doch gar nicht angefangen habe. Sie legt mir dar, dass es nicht gut ist, wenn man so schnell aufbrausend wird. Allerdings meckert sie auch mit den anderen. Meine Mutter hat mir später erklärt, dass andere Leute es lieben, wenn sie jemand anderen hänseln können. Bemerken sie, dass dieser sich ärgert, gibt es kein Halten mehr. Als ich meiner Mutter sagte, dass dies doch das Verhalten von Idioten wäre, hat sie nur geantwortet: Meistens wissen Idioten nicht, dass sie welche sind. Tja, denke ich. Das ist nicht verwunderlich, denn niemand sagt ihnen die Wahrheit ins Gesicht.

Die Wahrheit

Die Sache mit der Wahrheit beschäftigt mich sehr. Ein ziemlich komplexes Thema, das immer wieder auftaucht, dadurch aber keineswegs verständlicher wird. Vielleicht bin ich auch nicht smart genug. (Haha, wieder ein englisches Wort!). Kleinen Kindern wird gesagt, dass man auf keinen Fall lügen darf. Später erfährt man, dass Notlügen erlaubt sind. Nirgendwo gibt es eine Liste, in der aufgeführt wird, in welche Kategorie die einzelnen Themen fallen. Fragt man jemanden, erwidert dieser, dass keine Auflistung erforderlich ist, denn der gesunde Menschenverstand hilft und teilt jedem mit, was er zu sagen hat. Was bitte schön ist der gesunde Menschenverstand? Übrigens habe ich vor kurzem in einer Geschichte gelesen, dass wahre Freunde immer die Wahrheit sagen. In meiner Lieblingssprache gibt es den Spruch: Honesty is the best policy. auf Deutsch: Ehrlich währt am Längsten. Manchmal denke ich, dass die Sprichwörter von damals heute keine Bedeutung mehr haben. Höflichkeit, Hilfsbereitschaft und Ehrlichkeit sind tolle Eigenschaften, aber ist man höflich, hilfsbereit und ehrlich, ist es meistens nicht richtig. Vor mittlerweile zwei Jahren machten wir einen Familienausflug in einen Wildpark. Das Wetter war toll und nach einer Klettertour in dem Hochseilgarten haben wir noch den Park erkundet. Der Wald war riesig. Viele Wege führten in verschiedene Richtungen. Als ich irgendwann nicht wusste, welchen Weg wir gehen wollten, fragte ich: (Fragen, ich weiß nicht, ob ich es schon einmal erwähnt habe sind wichtig!!!) "Gehen wir über die Brücke, die gerade die beiden fetten Frauen überqueren?" (Ehrlich?!) "Pst", sagte meine Mutter, "so etwas sagt man nicht." "Warum nicht? Die sind aber doch wirklich fett." "Aber trotzdem wollen die das nicht hören. Es ist unhöflich, das zu sagen." "Aha", antwortete ich, "aber ..." "Nichts aber!", wurde ich unterbrochen. Ich schlängelte mich an den beiden korpulenten Frauen vorbei, allerdings konnte ich mir ein "Puh" nicht verkneifen. "Daniel", sagte meine Mutter. Warum auch immer? Nach einiger Zeit gelangten wir zu einem Abenteuerspielplatz. Schaukeln, Rutschen und ein See mit Floß. COOL! Das Wasser war trüb und daher schlecht zu erkennen, wie tief es überhaupt war. Die zusammengebundenen Baumstämme wackelten, als mein Bruder und ich eines der Flöße enterten. Wasser schwappte auf die Oberfläche, und die Sohlen unserer Schuhe wurden nass. Eine halbe Stunde später stoppten wir unsere Fahrt und hatten bald wieder festen Boden unter den Füßen. Wir erkundeten die anderen Spielgeräte, als plötzlich die massigen Frauen auftauchten, die wirklich fett waren, aber denen man es nicht sagen darf. Menschen sind schon komisch! Sie begutachteten die Flöße und bereits nach einigen Minuten stand eine der wohlgenährten Damen, die nicht wissen wollen, dass sie übergewichtig sind, auf dem Floß? Nicht nur die Sohlen der Sandalen waren nass. Ich musste eingreifen! Sah denn keiner was passieren würde? (hilfsbereit?!) "Hallo, es ist besser nicht zusammen auf das Floß zu steigen!", rief ich und eilte zum Ort des Geschehens. Unruhig rannte ich am Ufer hin und her. "Das ist nicht gut zu zweit auf das Floß zu steigen", stammelte ich, als ich plötzlich Rufe meiner Eltern vernahm, die mich baten zurückzukommen. Allerdings konnte ich doch nicht einfach gehen und die dicken Frauen, die ja nicht wissen wollen, dass sie dick sind, ihrem Schicksal überlassen. Vielleicht konnte ich wenigstens hilfsbereit und höflich sein, wenn ehrlich schon einmal ausschied. Ich vermute, ich muss die Geschichte nicht weitererzählen. Der ein- oder andere wird bereits wissen, dass weder Höflichkeit noch Hilfsbereitschaft und schon gar keine Ehrlichkeit erwünscht war. Zugegebenermaßen kann ich die ganze Story immer noch nicht so recht verstehen. Aber man muss lernen, Dinge hinzunehmen. Das ist oft nicht einfach, besonders wenn sie alles andere als logisch sind.

Essen

"Essen!" Ich liebe den Klang dieses Wortes. Daher benötigt es kein mehrmaliges Rufen bevor ich die Treppe hinintereile. Ab und zu muss ich schon mal an die Essenszeiten erinnern. Ärgerlich, wenn man noch warten muss. Aber heute scheint es zu klappen! "Was gibt es denn?" Meine Mutter schaut kurz auf und antwortet: "Obstsalat. Möchtest du etwas?" "Nein." In diesem Fall bedarf es keiner weiteren Überlegung. Obst und Gemüse gehören nicht zu meinen Leibspeisen, auch wenn dies Essen bekanntlich als sehr gesund angesehen wird. "Wenn ich dich jetzt gefragt hätte, ob du Kekse oder Pudding möchtest, hättest du nicht nein gesagt. Aber bei Obstsalat." "Dann frag mich doch nicht, wenn es Obstsalat gibt, dann brauche ich auch nicht nein zu sagen." Meine Mutter lacht. Anscheinend habe ich etwas Lustiges gesagt. Ich bin ein wenig beunruhigt. Wird nichts anderes zu essen angeboten? Ich bin hin- und hergerissen ob ich fragen soll oder nicht? "Möchtest du einen Toast essen?" "Ja, gern. Ich decke den Tisch." Ich bin erleichtert. Sofort hole ich mir ein Brettchen und befördere alle nötigen Dinge, die ich brauche auf den Küchentisch. Ein Schneidbrett, ein Messer und Wurst. Ich mag sehr gern Wurst. Egal ob mit oder ohne Brot. "Eigentlich bist du alt genug, um auch mal etwas Neues zu probieren. Insbesondere etwas Gesundes. Der Obstsalat besteht aus Äpfeln, Bananen und Birnen." "Ich mag keine Bananen. Außerdem trinke ich nur Mineralwasser. Das ist auch gesund", antworte ich und hoffe, dass die Diskussion damit beendet ist. Meine Mutter macht ein komisches Geräusch, sagt aber nichts. Ich schütte mir Wasser in mein Glas und belege meinen Toast mit zwei Scheiben Wurst. "Darf ich anfangen?" Es ist immer höflich nachzufragen. Allerdings hoffe ich, dass der Startschuss gleich gegeben wird. Es ist schlimm mit dem Essen warten zu müssen, bis alle am Tisch sitzen. Ich glaube, mein Bruder trödelt absichtlich, um mich zu ärgern. "Ja, du kannst anfangen." Das lasse ich mir nicht zweimal sagen. Erst einmal einen großen Schluck Mineralwasser. Wasser ist nicht gleich Wasser. Wenn man irgendwo im Restaurant bestellt, reicht es nicht aus ein Mineralwasser zu bestellen. Es muss extra erwähnt werden, dass man keine Zitronenscheiben im Wasser wünscht und auch keine Eiswürfel. Zitrone ist besonders scheußlich! Ab und zu klappt es trotz vorheriger Bestellung nicht. Was bitte schön macht eine Zitrusfrucht in einem Wasser? Wenn man das wünscht, kann man doch eine Limonade bestellen, oder?! "Rück doch bitte näher an den Tisch." Sofort versuche ich meinen Stuhl etwas nach vorne zu befördern, ohne das

Essen zu unterbrechen. Ich bin ein Meister des Krümelns, aber ich glaube, das ist eine Eigenschaft, die nicht mit viel Lob überhäuft wird. Das Essen an sich ist aber auch schon eine komplizierte Tätigkeit, die aus unzähligen Regeln besteht. Nicht krümeln, nicht schlürfen, nicht krumm am Tisch sitzen. Das Besteck ordentlich in die Hände nehmen. Der Stuhl darf nicht zu weit vom Tisch entfernt stehen. ... Puh, und das alles zur gleichen Zeit.

Genießen

„Wo bleibst du denn so lange?", will mein Bruder wissen, als er die Haustür öffnet. "Ich genieße das Leben." "Pah, das hat nichts mit Genießen zu tun. Eher mit Faulheit!", erwidert mein großer Bruder und schnaubt verächtlich. "Ich bin der Meinung, du kannst überhaupt nicht schneller gehen." "Aber warum soll ich schneller gehen? Ich erfreue mich daran, die Natur zu bewundern und draußen zu sein." Für einen Augenblick herrscht Schweigen. Leider ist diese Konversation noch nicht vorbei. Mein Bruder und ich haben unterschiedliche Auffassungen. Im Grunde genommen ist es doch nebensächlich, wie schnell ich nach der Schule nach Hause eile. Warum soll ich hetzen? Ist doch auch so schon anstrengend genug, mit Tornister den Berg zu erklimmen. Selbst bei Kälte und Nässe ist es Quatsch, das Schritttempo zu erhöhen. Nass ist nass und kalt ist kalt, ob fünf oder zehn Minuten früher zu Hause. "Ich gehe auf die Toilette", verkünde ich und entferne mich rasch, damit ich die weiteren Kommentare nicht hören muss. Auf dem Weg nach oben (ich bevorzuge das Badezimmer auf der ersten Etage, das ist einfach so!!!), begleitet mich das Wort: "Typisch." "Was soll das denn heißen?", frage ich, erreiche aber in diesem Moment mein Ziel. Schnell öffne ich die

Tür und schließe sie hinter mir, um die weitere Debatte im Keim zu ersticken. Zum Glück mit Erfolg. Die Wortfetzen, die noch nach oben dringen sind nicht zu verstehen. Ich beeile mich. Die Erfahrung hat mich gelehrt, dass auch mein Bruder in dieses Badezimmer will und dieses durch lautstarkes Klopfen an der Holztür zum Besten gibt. Ich zucke nicht zusammen. Wenn man weiß was passiert, ist man schließlich vorbereitet. Allerdings ist das nicht immer der Fall. Ab und zu erschrickt man sich, obwohl man weiß was passiert. Interessant, nicht wahr?! "Beeil dich! Ich will auch auf das Klo. Hättest ja auch unten gehen können!" "Du kannst doch auch auf die andere Toilette gehen", erwidere ich. Das durch die Buchentür geführte Gespräch ist meiner guten Laune nicht förderlich. Obwohl ich eigentlich immer frohen Mutes bin. Es macht schließlich überhaupt keinen Sinne missmutig und grumpy (wurde mal wieder Zeit für ein englisches Wort!) zu sein. Man ändert dadurch nichts! Ruckartig öffne ich nach einigen Minuten die Tür, vor der mein Bruder bereits wartet wie ein Geier auf das Aas. Natürlich spart er nicht mit Kommentaren. Allerdings verstehe ich nur ein paar Buchstaben und Silben, da ich mir die Ohren zuhalte und schnell in mein Zimmer flüchte. Dann setze ich mich auf mein Bett und genieße das Dasein und die Ruhe. Einige Zeit später, wie viele Minuten verstrichen sind, kann ich nicht genau sagen, denn wenn man keine Termine hat, ist es doch unerheblich, ob eine, zwei oder zehn Minuten vergangen sind, wie dem auch sei, aus dem Zimmer meines Bruders dröhnt Musik. Hm, gar keine schlechte Idee! Langsam gehe ich zum Regal, in dem mein CD-Spieler steht. Ich drücke auf "Play". Gemütlich lege ich mich auf den Boden und lausche der Stimme auf der CD, die mir etwas über Vulkane erklärt.

Optimismus

"Stay optimistic", murmele ich und mache mich auf den Weg in mein Zimmer. Noch auf der Treppe höre ich meine Mutter reden. Allerdings verstehe ich nur einzelne Worte: Schade, schnell, Note. Enttäuscht. "Optimistisch bleiben!", rufe ich. Keine Ahnung, ob sie es gehört hat. Die Lehrer an unserer Schule sind bemüht uns unsere Klassenarbeiten sehr schnell korrigiert zurückzugeben. Das ist toll! Allerdings war die letzte Deutscharbeit nicht wirklich gut. Wir mussten wieder ein Buch lesen und in der Schule Aufgaben dazu bearbeiten. Seitenweise!!! Das Buch habe ich dieses Mal gelesen. Hat mir sogar recht gut gefallen. Ich habe auch einige Fragen bearbeitet. Was, bitte schön, ist daran falsch, wenn man mit einem Wort den Charakter einer Person beschreibt? Ich bevorzuge es knapp und sachlich, oder besser gesagt, ich liebe es, wenn man die Dinge auf einen Punkt bringen kann. Also schrieb ich: unfreundlich. Meine Mutter erklärte mir, dass, wenn dort fünf freie Reihen sind, ein Wort als Lösung nicht ausreicht. Auf meinen Einwand, warum die Lehrer denn nicht weniger Zeilen verwenden könnten, wusste auch meine Mutter keine Antwort. Was, bitte schön, gibt es noch mehr zu sagen, wenn eine Person unfreundlich ist? Ist damit nicht alles gesagt? Für mich schon.

Kann ich etwas dafür, dass jeder andere begriffsstutzig zu sein scheint? Abgesehen davon hatten wir viel zu wenig Zeit, alles zu bearbeiten. Ein Deckblatt malen, dann die Aufgaben durchlesen, dann entscheiden welche man zuerst bearbeitet. Wir durften auch in den Hausaufgabenstunden an der Klausur arbeiten. Aber das ist doch blöd. Hausaufgabenstunden sind doch für die Hausaufgaben da!! Wir sprechen doch auch kein Englisch während der Mathematikstunden und machen keine physikalischen Experimente im Deutschunterricht. Genau in diesem Moment, in dem ich über die Logik an der Schule nachdenke, kommt meine Mutter in mein Zimmer. "Mir fehlen immer noch die Worte. Ich weiß überhaupt nicht, was ich zu deiner Klassenarbeit sagen soll. Bist du denn zufrieden?" "Nein", antworte ich. "Du musst dich anstrengen, sonst versaust du dir noch dein ganzes Zeugnis." "Ich habe mich angestrengt!", werfe ich ein und fange an, meine Schulsachen aus meinem Tornister zu kramen. Schließlich sind noch ein paar Aufgaben unerledigt. Reicht mir schon, wenn man die noch zu Hause machen soll. Wie viel Arbeit wäre das, wenn man die Hausaufgabenstunden für andere Zwecke missbrauchte! Meine Mutter steht immer noch in meinem Raum. "Die nächste Arbeit wird besser. Das ist ein Thema, bei dem wir uns kurz und knapp zu etwas äußern sollen. Das kann ich." "Hm", antwortet meine Mutter und verlässt mein Zimmer. Das ist auch etwas, das ich nicht verstehe. Warum spricht man über etwas immer und immer wieder, wenn man das ganze doch nicht mehr ändern kann? Ist es nicht sinnvoller, das alte Projekt abzuhaken und sich dem Neuen zuzuwenden? Ich mache das so! Stay optimistic!

Die Weisheit

"Iih, das ist eklig!" Der ein- oder andere oder besser gesagt, die ein- oder andere stimmt in das Gekreische mit ein. Ich hasse diese Lautstärke. Warum muss geschrien werden, wenn einem etwas nicht gefällt? Wir sprechen über Insekten. Eine Gruppe von fünf Schulkameraden hat dieses Thema zusammen ausgearbeitet und präsentiert dies der ganzen Klasse. Sie zeigen überdimensionale Bilder, auf denen die Käfer wie Monster wirken. "Die sind doch in Wirklichkeit überhaupt nicht so riesig!", werfe ich ein. Doch keiner reagiert auf meinen Einwand. Wieder folgt ein Bild, dieses Mal von einer Zecke. "Erst so klein wie ein Stecknadelkopf, kann die Zecke durch Blutsaugen ihre Größe verfünffachen", liest einer der fünf etwas stotternd vor. "Pah, die sind scheußlich!" "Die sind überhaupt nicht nützlich. Warum gibt es die überhaupt?" "Warum gibt es Menschen?", frage ich und sortiere meine Stifte im Etui. Einige meiner Schulkollegen lachen. "Das ist doch nicht dasselbe. Das kannst du doch nicht vergleichen." "Warum nicht?" Für einen Moment herrscht Stille. Das ist eine Wohltat. Leider ist es nur von kurzer Dauer. Alle fangen an wild durcheinander zu reden. Es entbrennt eine hitzige Diskussion. Wortfetzen dringen an mein Ohr wie: Quatsch, zerstören die Welt und quälen die Tiere, Blödsinn. Auch unsere Biologielehrerin mischt sich in das Gespräch ein. Sinnlos irgendetwas zu sagen, wenn alle reden, reden und reden. Ich ordne weiter meine Stifte. Eigentlich sollte auch ich noch einen Vortrag halten. Ich berichtete über Katzen. Meine Lehrer meinten ich sollte mich einer Gruppe anschließen, aber ich hatte keine Lust, über deren komische Themen zu referieren. Nun bin ich eine Ein-Mann-Gruppe. "Können wir jetzt mit dem Thema 'Insekten' fortfahren?", wirft meine Lehrerin ein.

Klare Anweisungen

Na bitte! Wer sagt es denn? War doch relativ einfach. Heute haben wir unsere Deutscharbeit wiederbekommen. Ich habe mich wirklich sehr angestrengt. Diese musste besser werden als die vorherige, deren schlechtes Ergebnis für ziemliches Aufsehen gesorgt hatte. Nicht nur meine Eltern waren schlecht gelaunt, selbst meine Lehrer waren enttäuscht. Jetzt sind wieder alle zufrieden. Ist schon faszinierend, wie schnell man alle glücklich machen kann, wenn man weiß was man zu tun hat. Da liegt das Problem!!! Erstens weiß man nicht immer, was man zu tun hat und zweitens ist es nicht immer so einfach jeden so schnell zufriedenzustellen. Leider gibt es absolut kein Patentrezept, das würde das Miteinander sehr vereinfachen. Aller Wahrscheinlichkeit nach würden selbst dann noch einige Mitmenschen etwas zu meckern haben. Ich könnte an dieser Stelle einige aufzählen. Apropos es allen recht zu machen: An unserer Schule finden von Zeit zu Zeit Gruppenprojekte statt, die wie bereits erwähnt nicht zu meinen Lieblingstätigkeiten gehören. Aber ab und zu ist es erforderlich, etwas in Teamarbeit zu recherchieren. Ich habe keine Probleme, die fertigen Ausarbeitungen meinen Klassenkameraden vorzustellen. Warum auch? Wenn man etwas weiß, ist es doch in Ordnung sein Wissen weiterzugeben. Das machen doch die Lehrer tagtäglich. Einige mit mehr Erfolg als andere. Übrigens könnte ich mir gut vorstellen, auch Lehrer zu werden. Ich mag es sehr, anderen Menschen etwas zu erklären und ihnen zu helfen. Vor kurzem sind wir in eine Nachbarstadt gefahren. Dort gab es einen bestimmten Lehrgang, der sich Potenzialanalyse nannte. Das hat mir viel Spaß gemacht. Wir mussten basteln, malen und uns einige Dinge merken. Auch etwas richtig sortieren. Darin war ich richtig gut, obwohl das Zimmer aufzuräumen nicht zu meinen Favoriten gehört. Ist auch eine sinnlose Tätigkeit, da es doch immer wieder dazu neigt, unordentlich zu werden. Nachdem wir hinterher alle Aufgaben erledigt hatten, durften wir unsere Mappe mit den Ausarbeitungen mit nach Hause nehmen. Allerdings waren einige der Aufgaben etwas unverständlich formuliert. Eigentlich dachte ich, dass ich alles richtig verstanden hatte, doch wie sich hinterher herausgestellt hatte, war das ein Trugschluss. "Daniel, du hast die Frage: „Wo siehst du dich in zehn Jahren nicht korrekt beantwortet", sagte einer dieser Prüfer. "Aber sicher", antwortete ich etwas verwirrt. "Du hast einen Ort oder besser ein Land aufgeführt, wo du dich dann befinden könntest." Ich war mir etwas unsicher, ob es sich um einen Scherz handelte. Wenn jemand von mir wissen will, wo ich bin, ist es dann nicht richtig, demjenigen den Aufenthaltsort mitzuteilen? Im Nachhinein erklärte man mir den eigentlichen Sinn dieser Frage. Das ist so eine ähnlich verwirrende Sache wie diese Sprichwörter: Am Teller drehen oder nicht alle Tassen im Schrank haben. Ich finde es einfacher, wenn gesagt wird, was man meint. Eine genaue Anleitung, der man folgen kann, wie zum Beispiel diese Serviette, die wir nach bestimmten Vorgaben falten sollten. Das fand ich sehr einfach, aber ich glaube, das hat nicht jeder so empfunden. Aber so ist es halt, jedes Individuum hat unterschiedliche Stärken und Schwächen.

Teamwork

"Bitte findet euch zu einer Gruppe zusammen." Meine Mitschüler rennen lautstark durch unseren Klassenraum, um sich zu zweit oder auch zu mehreren zusammenzuschließen. "Daniel, auch du solltest dir ein Team suchen", sagt mein Lehrer. Etwas unschlüssig verlasse ich meinen Sitzplatz und schaue nach rechts und links. Sehr schwierig eine geeignete Gruppe zu finden. Ich verbringe einige Zeit ratlos in der Mitte des Raumes, bis Herr Müller mich bittet eine Entscheidung zu treffen. "Daniel, würdest du dich bitte beeilen." "Hm." Es ist schon erstaunlich, mit welcher Hektik man schwerwiegende Entscheidungen treffen muss. Noch immer stehe ich mitten im Klassenraum. Wohin soll ich gehen? "Daniel, würdest du bitte die Gruppe von Marcel, Mia und Leon unterstützen." "Warum nicht", antworte ich und gehe in Richtung des Tisches. Ich setze mich ein wenig entfernt von den anderen. Ich mag es nicht sonderlich, wenn alle so dicht zusammen sitzen. "Eure Aufgabe ist es eine Lösung für dieses Projekt zu erarbeiten." Alle betrachten die Baupläne, die unser Lehrer Herr Müller auf unseren Schreibtischen platziert. Noch bevor ich fragen kann, aus welchem Material wir dieses denn erstellen sollen, verteilt er eine Kiste mit Bausteinen. Marcel, Mia und Leon sprudeln über vor Ideen, die sie sofort herausposaunen. Ich höre zu und wäge alle Vorschläge ab. "Wir könnten doch erst eine Lage von diesen Steinen nehmen?" "Ich weiß es! Wir könnten doch eine Kurve bauen." Interessant was jeder zum Besten gibt. Leider werden wichtige Aspekte außer Acht gelassen, doch ich sehe mich noch nicht gezwungen einzugreifen. Es ist doch viel besser, wenn jeder sich einbringen kann. Die Erfahrung hat mich gelehrt, dass es niemals gut ist, zu früh das Brainstorming (Ein englisches Wort für den Gedankenaustausch von Ideen!) zu unterbrechen. Wer will schon als Besserwisser gelten? "Nun brauchen wir eine Schicht roter Steine", verkündet Mia und greift in die Schachtel. Meine Zeit ist gekommen. "Damit das funktioniert, brauchen wir erst ein paar von den dickeren blauen Steinen. Andernfalls wird der Winkel nicht stimmen, und die Kugel kann nicht ungehindert ihr Ziel erreichen." Alle drei schauen mich an. Es ist mir etwas unangenehm. "Jau, du hast recht", sagt Marcel, und schon wird das Vorhaben nach meinen Wünschen erstellt.

Ironie

Warum sagt man etwas ironisch? Wäre es nicht viel einfacher, gleich das zu sagen, was man wirklich sagen möchte? Mir persönlich fällt es sehr schwer, Ironie zu erkennen. Ab und zu ist die eigentliche Bedeutung offensichtlich, aber von Zeit zu Zeit benötige ich etwas länger, um den eigentlichen Sinn der Aussage zu verstehen. Oder ich benötige eine Übersetzung. Lustig, nicht wahr? Dann braucht man einen Übersetzer für die Muttersprache. Ist doch komisch, oder nicht? Ich könnte mir vorstellen, dass einige andere Leute auch Schwierigkeiten damit haben alles sofort zu begreifen. Ansonsten würde es bestimmt weniger Missverständnisse geben, oder? Na ja, wie auch immer. Viele sind schon überfordert, mit welcher Floskel sie jemanden zu begrüßen haben. Ich habe das bereits gelernt.

Ein Tadel

Der blöde Zettel befindet sich zerknüllt zwischen meinen Unterlagen. Es ist mir unbegreiflich, warum ich dieses Stück Papier überhaupt bekommen habe. Mein erster Gedanke war, es verschwinden zu lassen. Das wäre ein Leichtes gewesen. Leider hat mein Lehrer damit gedroht, meine Mutter zu informieren. Diese Ankündigung hat mich wütend gemacht. Besser gesagt, bin ich immer noch fuchsteufelswild. Das ist, glaube ich, die richtige Bezeichnung, wenn man sich ungerecht behandelt fühlt. Was habe ich falsch gemacht? Ist es nicht richtig, jemanden höflich auf etwas hinzuweisen? Meine Frage: "Ist es krankheitsbedingt, dass Sie so viele Hausaufgaben aufgeben?", hat meine Lehrerin nicht erfreut. Eine andere Lehrkraft hat mir erklärt, ich habe sie beleidigt und mir versucht zu erklären, weshalb man solche Äußerungen nicht machen darf. Warum nicht? Ich kann es immer noch nicht verstehen, insbesondere da die angesprochene Lehrerin uns danach weniger Aufgaben für zu Hause mit auf den Weg gegeben hat. Hatte ich recht mit meiner Annahme oder was war der Grund für ihren Sinneswandel? Es muss sich doch keiner schämen, wenn er krank ist. Oder? Na wie dem auch sei, wegen dieses Vorfalls, wenn man es so bezeichnen kann, musste ich zur Direktorin

und habe einen Zettel mit Verhaltensregeln bekommen, den meine Mutter unterschreiben
muss. Ich fühle das Papier in meiner Tasche und
es gefällt mir nicht - ganz und gar nicht.

Die Musik

"Beruhige dich." Es ist dieses Schluchzen, das meinen Körper beherrscht, und ich kann es nicht stoppen. Jedes Mal wenn ich es probiere, drängt dieses unfaire Verhalten mir gegenüber wieder ins Bewusstsein. Ich verabscheue Ungerechtigkeit! Ich sitze im Flur vor dem Lehrerzimmer und warte darauf, dass ich von meiner Mutter abgeholt werde. Mein Sportlehrer hat mich des Unterrichts verwiesen. In meinem Körper hat sich etwas angestaut, das ich nicht kontrollieren konnte. War es Wut? Oder eine Art der Traurigkeit? Wenn ich ehrlich bin, weiß ich es nicht genau. Allerdings ist da noch etwas anderes, etwas, das mich richtig böse macht oder wieder fuchsteufelswild. Eigenartiges Wort, oder? "Nun erzähl bitte einmal was genau passiert ist. Ich habe nur gehört, dass du handgreiflich gegenüber dem Lehrer geworden bist." Ich schaue mein Gegenüber an. Mittlerweile bin ich umringt von Leuten, die auf mich herunterblicken. Eigentlich mag ich es nicht, wenn ich im Mittelpunkt stehe, aber im Moment ist es mir egal. Es ist zweitrangig, von geringerer Bedeutung, verblasst neben der Erkenntnis, dass, wenn ein einzelner Mensch etwas sagt, sich nichts ändert. Oder liegt es daran, welche Person einen Einwand vorbringt? Die Gedanken spuken durch meinen Kopf und machen es mir unmöglich alles zu einer gewissen Logik zu sortieren. "Also was ist passiert?" Auch meine Mutter ist mittlerweile eingetroffen. Sie ist neben meiner Klassenlehrerin und der Direktorin die Dritte im Bunde, die Näheres erfahren möchte. "Daniel hat dem Lehrer gedroht." "OH!", sagen die anderen wie aus einem Mund, als wäre damit alles erklärt, doch dies ist nur ein Bruchteil der Geschichte. Als wenn jemand nur das Ende einer langen Story erzählt, ohne die Hintergründe zu erwähnen. Fast so als wenn ich erzähle, dass jemand ins eiskalte Wasser gesprungen ist, ohne mitzuteilen, dass er durch den Sprung jemandem der zu ertrinken drohte, das Leben gerettet hat. "Er hat die Musik nicht geändert. Er hat einfach die Musik nicht geändert! Obwohl ich ihm gesagt habe, dass mir die nicht gefällt!", presst es aus mir heraus, immer noch begleitet von diesem Schluchzen. Erst sagt niemand etwas und ich frage mich, ob ich meine Worte wiederholen muss. „Aha", sagt meine Mutter und blickt mich mit großen Augen an. Ich glaube dies bedeutet, dass sie mich nicht verstanden hat. „Als Leonie die Musik nicht gefallen hat, hat der Lehrer sofort etwas anderes spielen lassen. Aber als ich gesagt habe, dass mir dies ganz und gar nicht zusagt, passierte nichts. Das ist doch unfair! Das geht doch nicht!" Immer noch wird mein Körper von diesem Beben erfasst und Tränen laufen meine Wangen hinunter. Ich bin mir immer noch nicht ganz sicher, wie ich meine Gefühle einordnen soll. „Ja, so ist das nun mal", erwidert meine Mutter, "lass uns nun nach Hause fahren." „Es soll nicht so sein! Es darf nicht so sein!", füge ich hinzu und stehe auf. Gemeinsam gehen wir zum Auto. Keiner von uns sagt ein Wort. Ab und zu muss ich meine Nase schnäuzen „Putz deine Nase!", ermahnt mich meine Mutter. Ich ziehe ein gebrauchtes Papiertaschentuch aus meiner Jackentasche, säubere die Nase und stecke es wieder zurück. „Nun, erzähle mir die ganze Geschichte noch einmal in Ruhe", bittet meine Mutter, als wir im Wagen sitzen. Sobald mir diese Ungerechtigkeit wieder in den Sinn kommt, kehrt dieses Schluchzen zurück. Es ist einfach nicht kontrollierbar.

Das Inhaltsverzeichnis

„Das kann ich einfach nicht glauben!", schimpft meine Mutter und zeigt mit ihren Fingern auf einen Eintrag in meinem Hefter. Ich weiß ohne ihrem Fingerzeig zu folgen, was dort geschrieben steht: Heftführung mangelhaft, da ich kein Inhaltsverzeichnis angelegt habe. Meiner Meinung nach ist so ein Verzeichnis nicht notwendig, aber der ein- oder andere Lehrer liebt diese Übersicht auf der ersten Seite. Blödsinn! Man weiß doch was drinsteht. Abgesehen davon ist das Durchblättern der einzelnen Seiten auch nicht besonders aufwendig. „Ich kann es nicht fassen", wiederholt meine Mutter, „Ich bin sprachlos." Ich erspare mir den Kommentar, ob ihr die Definition von „sprachlos" nicht geläufig ist. „Jedes Mal frage ich dich, ob du alle Verzeichnisse angelegt hast", fährt sie fort, „und du behauptest jedes Mal dass du das gemacht hast." „ Ich wusste nicht, dass wir in diesem Fach eins brauchen!", verteidige ich mein Verhalten, um dieser nutzlosen Diskussion ein Ende zu bereiten. „Wenn ich daran denke, bekomme ich schlechte Laune", fügt meine Mutter hinzu. „Dann denk doch gar nicht daran. Wenn du das machst, wird es doch schlimmer." Nun reagiert meine Mutter so, wie ich das Wort „Sprachlosigkeit" verstehen würde. Sie blickt mich nur an und verlässt ohne weiteren Kommentar mein Zimmer. Na bitte. Warum nicht gleich so? Es ist doch nicht zu ändern was passiert ist. Beim nächsten Mal weiß ich, dass dieser Lehrer zu der Kategorie gehört, der eines von diesen Inhaltsverzeichnissen wünscht. Obwohl ich nach wie vor der Meinung bin, dass diese in keiner Weise sinnvoll sind. Hatte ich das schon erwähnt?

Warum?

Warum werfen viele meiner Mitschüler Schneebälle, obwohl sie doch wissen, dass dies verboten ist? Ich habe keine Erklärung dafür. Wenn man etwas verbietet, hat man Gründe dafür. Aber keiner scheint diese zu kennen. Dabei braucht man nur einen kleinen Moment zu überlegen, um auf den einen oder anderen zu kommen. Jemand könnte verletzt werden. Abgesehen davon ist es nicht gut im Winter mit nassen Sachen im Klassenraum zu sitzen, wo jeder weiß, dass dies doch Erkältungen fördert. Na ja, wie auch immer. Es ist zurzeit ziemlich anstrengend den vielen Schneebällen auf dem Schulhof auszuweichen. Um zu entspannen male ich gerne. Hauptsächlich Drachen. Warum? Ich weiß nicht. Das ist halt so. Ich wäre sehr gern ein Drachenreiter. Obwohl das wahrscheinlich auch nicht einfach ist, in unserer Welt so ein Haustier zu halten. Wenn ich male, befinde ich mich in einer anderen Welt. Eine Welt mit dicht bewachsenen Wäldern, mit geheimnisvollen Wesen und mit Drachen. Das fasziniert mich übrigens auch an Büchern. Bücher lassen Bilder im Kopf entstehen. Beim Malen geht es mir so wie mit den Büchern. Malen ist toll, solange ich das zeichnen darf, was ich will. Ich liebe es nicht, gezwungen zu werden, etwas zu tun, wozu ich keine Lust habe. Ich kann gut Drachen zeichnen, aber andere Dinge liegen mir nicht so. Ist es nicht besser ein Talent zu fördern, anstatt sich auf unsinnige Dinge zu stürzen? Manchmal haben die Themen im Kunstunterricht auch überhaupt nichts mit Zeichnen und Malen zu tun. Das ist schon eigenartig. Fast wie das Benehmen einiger Mitschüler, die immer und immer wieder Schneebälle werfen. Wer soll das alles verstehen?

In der Arztpraxis

„Wie sieht es mit einer Freundin aus, Alkohol oder Drogen?" Ich kann überhaupt nicht glauben, dass der Doktor mich so etwas fragt. Das sind doch keine Themen für einen vierzehnjährigen, oder? „Ich konzentriere mich erst einmal auf die Schule", antworte ich und beehre ihn mit einem wertvollen Nasenblick. „Außerdem trinke ich nur Wasser. Drogen zu nehmen ist verboten und außerdem sehr gefährlich." „Gut, gut", erwidert er nur und schreibt irgendetwas in ein Formular. Heute habe ich die sogenannte J1. Meine Mutter hat mir erklärt, dass dieses die Abkürzung für Jugenduntersuchung ist. Als ich das letzte Mal beim Arzt war, durfte ich vorher nichts essen. Ich hasse das! Es müsste etwas erfunden werden, dass man auch nach dem Frühstück zum Blut abnehmen gehen kann! Zum Glück war es dieses Mal nicht erforderlich zu fasten. Bevor der Arzt mich einer genaueren Untersuchung unterzieht, hat eine seiner Helferinnen bereits Tests durchgeführt. Ich sollte mir irgendetwas vor mein Auge halten, um Zeichen auf dem Poster an der gegenüberliegenden Wand zu erkennen. Das war kein Problem. Ich hatte mich nur darüber gewundert, dass sie sagte ich sollte mit der "E-Schablone" mein linkes Auge bedecken. Als ich ihr sagte, dass dieses doch kein E mehr ist, sondern ein kleines m wenn ich es schräg halte, reagierte sie mit großem Erstaunen. Gut, dass es ihr mal jemand gesagt hat. Viele Leute scheinen dem Offensichtlichen gegenüber nicht aufgeschlossen zu sein. Nachdem ich mit dem Arzt noch ein Gespräch über das Thema „Fettleber" geführt hatte, beendeten wir die Untersuchung. Ist es nicht erstaunlich, dass sich die Zellen in der Leber nicht erneuern, während andere Organe kein Problem damit haben, neue Zellen zu bilden! Interessant, nicht wahr?

Positiv und negativ

Hier ist wieder mal so ein Beispiel, was mich beschäftigt. Positiv zu sein ist immer etwas Gutes. Wenn jemand positiv denkt, freuen sich alle. Allerdings sollte man beim Arzt auf eine Krankheit positiv getestet worden sein, ist das weniger gut. Oder besser gesagt, überhaupt nicht gut, denn dann hat man diese Krankheit und muss behandelt werden. Ehrlich gesagt, ist das doch mehr als verwirrend, oder? Warum kann ein Wort zwei vollkommen verschiedene Bedeutungen haben? Was ergibt das für einen Sinn? Das ist genauso eigenartig wie die Angewohnheit von Menschen, irgendetwas zu sagen, das sie gar nicht so meinen. Meine Mutter hat mir erklärt, dass das nichts mit Ironie zu tun hat, sondern das ganz normale Verhalten von Menschen widerspiegelt. Sie sagen Sätze wie „ich melde mich auf jeden Fall", oder „deine Idee ist Klasse", „dein Pullover ist wirklich toll", aber eigentlich meinen sie genau das Gegenteil. Wenn man sofort die Wahrheit sagen würde, wäre das doch besser. Im Grunde genommen führt es doch zum gleichen Ergebnis. Na ja, das ist alles schon sehr kompliziert. Es ist auch erstaunlich, dass Leute einen selbst dann nicht verstehen, wenn man ihnen unmissverständlich mitteilt, was man denkt. Wenn ich zum Beispiel in die Pause gehe und allein meine Runden auf dem Schulhof drehe, fühlt sich der ein- oder andere veranlasst mich zu ärgern. Da kann man mehrere Male sagen: "Lass mich in Ruhe!" Es führt leider nicht zum erwünschten Erfolg. Ich denke mir immer, dass solche Gestalten nicht besonders intelligent sind, wenn sie einfache Anweisungen schon nicht verstehen. Manchmal gewinnt man den Eindruck, dass es von solchen Typen immer mehr gibt. Auch in unserer Klasse gibt es ein paar von ihnen. Vor kurzem haben sie unseren Lehrer ausgesperrt. Ich habe eine Zeit lang abgewartet, bis ich die Tür wieder geöffnet habe, damit sie sich ein wenig über ihren merkwürdigen Spaß freuen können.

Das Unsichtbare

"Autismus kann man nicht sehen", lese ich laut vor und stocke. " Dieser Satz gefällt mir", berichte ich meiner neuen Therapeutin. "Ja, der ist wirklich gut", antwortet sie. "Wenn jemand ein körperliches Gebrechen hat, ist es für jedermann sofort ersichtlich, dass diese Person in einigen Bereichen auf die Hilfe anderer angewiesen ist." Ich beehre sie mit einem Nasenblick und fahre mit dem Vorlesen fort. "Hm", sage ich lang gezogen. Diese Hm-Floskel, die man verwenden kann, wenn man nicht mit allem übereinstimmt. Wenn man genau hinhört, stellt man fest, wie viele Leute diese verwenden. "Hm", wiederhole ich, "einiges passt, einiges empfinde ich anders. Ich versuche nicht alles zu perfektionieren. Fehler sind doch wichtig. Aus Fehlern lernt man." Wieder ernte ich ein zustimmendes Nicken. Na wer sagt es denn, ich bin auf dem richtigen Weg. Aber bin ich das nicht immer?

Der Kuchen

"Wie viel Uhr ist es denn jetzt?" "Ich weiß nicht", antworte ich und betrachte weiterhin das Treiben um mich herum. Meine Mutter ist gekommen, um mir einen Kuchen zu bringen. Ich liebe Gebäck, besonders mit Schokolade. Es ist eine tolle Idee von Zeit zu Zeit in der Religionsstunde einen Kuchen zu essen. Obwohl der ein- oder andere immer mal wieder vergisst, dass er einen mitbringen wollte. Wie kann man so etwas Wichtiges vergessen? Wir stehen etwas abseits von dem Trubel der lärmenden Horden von Klassenkameraden unter einem Schatten spendenden Baum. "Wann ist die Pause denn zu Ende?" "Wenn der Schulgong ertönt", verkünde ich und schmeiße einen kleinen Ball, der aus Versehen in meine Richtung geflogen ist, zurück zu den eigentlichen "Besitzern". "Hast du dein Handy nicht dabei?", fragt meine Mutter. "Na klar, aber in der Pause dürfen wir das doch nicht benutzen." "Du sollst nur eben einen Blick darauf werfen und mir sagen wie spät es ist." "Nein", erkläre ich ihr erneut, "wir dürfen das Handy nicht benutzen." In diesem Moment ertönt der Gong. Schnell nehme ich die Tortenplatte entgegen und stürme los. "Ich hole dich heute Nachmittag ab!", ruft meine Mutter mir hinterher. "OK, gut!", antworte ich knapp. Ich muss mich schließlich beeilen schnell im Klassenzimmer zu sein. Zum einen weil die Pause zu Ende ist, und zum zweiten damit die Schokolade nicht schmilzt. Beim Anblick des Kuchens kann ich es kaum erwarten, ein Stück zu essen. Ich werde den Kuchen so aufteilen lassen, dass jeder nur ein Stück erhält. Es wäre schließlich ungerecht, wenn einige zwei davon essen dürften. Vor allem: wer hat es verdient, zwei davon zu kosten? Nein, nein das wäre nicht fair. Eins für jeden!

Wut

„Ich habe mich wohl etwas im Ton vergriffen", antworte ich auf die Frage meiner Mutter, warum sie denn zum Sportlehrer kommen soll. Mit ihren Fingern zeigt sie auf die entsprechende Bemerkung im Heft. Ich brauche gar nicht hinzusehen. Warum auch? Ich weiß ja was da steht. Ab und zu versuche ich, dieses Heft zu verstecken, doch leider findet meine Mutter dieses blöde Ding, egal in welcher Tasche meines Rucksackes ich es auch verschwinden lasse. Selbst wenn ich ihr erkläre, dass ich das Heftchen in der Schule vergessen habe, beendet sie ihre Suche nicht. „Was bedeutet ,im Ton vergriffen'?" „Hm" Da ist es wieder, dieses Füllwort. „Hm", starte ich erneut. „Es könnte sein, dass ich etwas mit einem Wurfmesser gesagt habe. Ist aber auch eine Quälerei uns den ganzen Berg hoch laufen zu lassen." Für einen Moment ist es still. Ich glaube allerdings, dass dies nicht daran liegt, dass meine Mutter meine Schilderung nicht verstanden hat, oder? Gerade in dem Augenblick wo ich mir doch unsicher bin und überlege ob ich das Gesagte noch einmal wiederholen soll, sagt sie: „Wurfmesser? Ich hoffe, das hast du nicht ernst gemeint." „Natürlich nicht", antworte ich schnell und hoffe, dass diese Befragung bald zu Ende ist. „Ich habe mich halt im Ton vergriffen", wiederhole ich erneut, obwohl ich es nicht liebe, wenn man alles mehrmals sagen muss. Wenn ich wütend bin, bin ich wütend. Ich kann das nicht kontrollieren. Es ist wie ein Druck, der sich aufgebaut hat und sich irgendwann explosionsartig entlädt. Ist aber auch eine Schinderei, den Berg hoch laufen zu müssen!

Die Fahrkarte

„Wo ist denn deine Fahrkarte?" „Na hier",
antworte ich und zeige meiner Mutter die Stelle,
an der die Fahrkarte ist. Oder besser gesagt sein
sollte. Die Folie ist gerissen und es ist wahrscheinlich, dass die Karte durch den Spalt her-
ausgefallen ist. „Und nun?", fragt meine Mutter.
„Sie muss irgendwo sein", verkünde ich und
schultere meinen Rucksack, damit ich ihn mit in
mein Zimmer nehmen kann. Ich komme erst
nachmittags nach Hause und brauche danach
erst einmal eine Ruhephase. Vor kurzem kam
meine Mutter in mein Zimmer und setzte sich
neben mich. Sie fragte mich ein paar Sachen, bis
ich ihr mitgeteilt habe, dass ich doch am Ausruhen bin und eine Pause mache. „Ist das nicht
auch eine Pause, wenn ich da bin?" „Nein", erklärte ich ihr. Ich habe den Eindruck, dass meine
Antwort ihr nicht gefallen hat. Konversation zu
betreiben gehört nicht zu meinen Lieblingsbeschäftigungen. Es ist sehr anstrengend immer die
richtigen Worte zu finden. Eine Pause bedeutet,
das zu machen was mir Spaß macht. Ab und zu,
wie bereits erwähnt, kann das bedeuten, einfach
gar nichts zu machen. Das ist sehr erholsam.
Heute allerdings opfere ich einige Zeit von meiner Relaxing-Phase (wieder mal ein englisches
Wort), um die Fahrerlaubnis für den Bus zu su-

chen. Ich schaue in meinen Ranzen, kann allerdings nichts finden. Nun, dann ist sie wohl weg. Was soll man da machen? Keine Ahnung.

Entscheidungen

Entscheidungen zu treffen fällt mir sehr schwer. Ich überlege meistens etwas länger, eine Vorgehensweise, die den anderen nicht immer zu gefallen scheint. Mir ist es allerdings unbegreiflich, wie man sich schnell für eine Sache entscheiden kann, wenn beide gleich wichtig sind. Als mein Sportlehrer mich erst einmal vom Unterricht befreit hatte, konnte ich selbst bestimmen, wann ich wieder mitmachen wollte. Nachdem ich einige Wochen statt Sport in einer anderen Klasse beim Englischunterricht mitgemacht hatte, war mir irgendwann klar, dass ab und zu eine sportliche Betätigung nicht schaden kann. In gewisser Weise dient Sport der Erhaltung der Gesundheit und das ist schließlich wichtig. Apropos wichtig. Die Fahrkarte ist auch wieder aufgetaucht. Es stellte sich heraus, dass jemand die Karte an der Bushaltestelle gefunden hat. Meine Mutter hatte die Karte bereits wieder abgeholt, als sie mich fragte, wo denn meine Fahrkarte sei. Sie war übrigens ganz erstaunt, dass ich nur in meinem Tornister danach gesucht habe. Aber wo denn sonst? Was soll man denn noch unternehmen, wenn ein Teil nicht da ist, wo es sein sollte? Na, wie auch immer. Die Fahrkarte ist wieder da. Das ist auch gut so. Es ist schließlich nicht erlaubt ohne gültigen Fahrausweis mit dem Bus zu fahren. Allerdings bestand zu keiner Zeit Grund in Hektik zu verfallen. Ich behalte diese Ansicht aber lieber für mich. Es ist nicht immer gut, alles zu kommentieren, auch wenn man es besser weiß. Dieses gewünschte Verhalten ist schon sehr eigenartig und es widerstrebt mir sehr, Unstimmigkeiten oder etwas Falsches unkommentiert im Raum stehen zu lassen. Vor kurzem gab es da so eine Sache im Englischunterricht. Der Lehrer wollte wissen, wo der Big Ben steht. Ich habe wirklich im Innern mit mir gekämpft, ob ich ihn nicht auf seinen Fehler aufmerksam machen sollte, denn der Big Ben steht doch nicht, sondern hängt. Schließlich handelt es sich um eine Glocke. Das weiß man doch, oder?

Die Prüfung

„Bist du nicht nervös?", fragt meine Mutter und schaut mich an. „Nein", antworte ich, „warum sollte ich?" Nach einer langen Vorbereitungszeit ist es endlich soweit. Der Tag ist gekommen! Ich hatte mich dazu entschlossen, eine Prüfung in Französisch abzulegen. Ich bin allgemein nicht aufgeregt, wenn ich irgendwelche Klassenarbeiten oder Tests zu schreiben habe. Meiner Meinung nach gibt es dafür auch keinen Grund. Letztendlich habe ich diese Sprachprüfung bestanden, wenn auch nur knapp. Nun gut, vielleicht hätte ich etwas mehr Zeit investieren sollen, um ein besseres Ergebnis zu erzielen. Momentan habe ich allerdings sowieso Schwierigkeiten mich in der Schule zu konzentrieren, ohne den Grund dafür nennen zu können. Ich kann es mir selber nicht erklären. Natürlich fragen mich meine Eltern immer wieder, was denn los sei. „Nichts", antworte ich dann immer. „Aber irgendetwas muss doch los sein." „Nein, da ist nichts", versuche ich es erneut. Ich kann doch nichts in Worte fassen, das ich selber nicht verstehe, oder? Zum Teil bin ich oft selber erstaunt, wenn das mit den Aufgaben nicht so gut geklappt hat. In Kunst zum Beispiel finde ich meine Bilder eigentlich immer recht gut gelungen. Es erfordert viel Zeit und Überlegung, da ich nicht immer genau weiß, welche Farben ich verwenden soll. Vor kurzem sollten wir ein Stillleben zeichnen. Meiner Meinung nach kommt es schon genau darauf an, dass man die Früchte auch erkennt. Dies erfordert viel Geduld. Erstaunlicherweise sind die anderen immer vor mir fertig. Warum auch immer? Habe ich schon erwähnt, dass ich trotz meiner intensiven Arbeit meistens nur ein ausreichend bekomme? Auch rein mündliche Fächer sind nicht mein Lieblingsgebiet. Die anderen sind viel schneller mit ihren Überlegungen und schämen sich auch nicht Blödsinn zu erzählen. Jede Frage muss doch erst sorgfältig abgewogen werden, um sie dann korrekt beantworten zu können. Den anderen scheint das egal zu sein – mir nicht. Ob die auch eine schlechte Note für ihre Leistungen erhalten? Es ist nicht logisch, dass man für Quatscherzählen noch belohnt wird. Übrigens, wenn ich mich für ein Thema nicht interessiere, habe ich auch keine Meinung dazu. Warum sollte ich dann einen Kommentar abgeben? Aber anscheinend ist es besser, irgendwelche komischen Äußerungen zu machen, als sich zurückzuhalten.

Geschenke

Ist das wirklich noch keinem aufgefallen? Ich kann das überhaupt nicht glauben. An meinem letzten Geburtstag packte ich ein Präsent aus, welches ich nicht richtig zuordnen konnte. „Was soll ich denn damit machen?", fragte ich. „Das ist Eau de Toilette", antwortete meine Mutter, „damit du gut riechst." „Nach Toilette?", hakte ich nach. Ich bin mir nicht ganz sicher, aber ich glaube diese Antwort verwunderte meine Mutter und alle anderen, die sich zu diesem Zeitpunkt im Zimmer befanden. Zumindest würde ich deren Reaktion so deuten, allerdings gehört das „Lesen von Menschen", wie bereits erwähnt, nicht gerade zu meinen Stärken. „Wieso nach Toilette?", wollte meine Mutter wissen. „Na, Eau de Toilette ist Französisch und bedeutet übersetzt: Wasser der Toilette. Wer will denn danach riechen? Da fragt man sich doch, wer sich solch eigenartige Namen ausgedacht hat, oder?

Zukunft

Nein, darüber mache ich mir keine Gedanken. Warum auch? Es ist mir bewusst, dass es viele Menschen gibt, die Pläne für die Zukunft schmieden. Noch eine dieser Angewohnheiten, die ich komisch finde. Ich bevorzuge es im Hier und Jetzt zu leben. Sicherlich ist es ab und zu sinnvoll, Überlegungen anzustellen, um sich auf die nächsten Ereignisse vorzubereiten. Wenn man zum Beispiel in den Urlaub fahren möchte, sollte man schon rechtzeitig die Koffer packen. Abgesehen davon ist zu viel Planung reine Zeitverschwendung! Genauso sinnlos, wie eine Facharbeit zu schreiben. Ich habe im Internet recherchiert und dieses natürlich auch in meiner Ausarbeitung erwähnt. Trotzdem bezeichnete mein Lehrer meine Arbeit als Plagiat. Aber ich kann doch das Rad nicht neu erfinden, oder? Abgesehen davon widerstrebt es mir, einen Text, der gut formuliert ist, umzugestalten. Wo ich gerade dabei bin, schwachsinnige Dinge aufzuzählen: Warum muss man bei Textaufgaben eine Antwort schreiben? Für mich zählt einzig und allein das Ergebnis. Schließlich handelt es sich um eine mathematische Aufgabe und nicht um einen Deutschtest. Leider teilen die Lehrer meine Auffassungen nicht. Unbegreiflich!

Geschafft!

Ich habe es geschafft! Die zehnte Klasse ist abgeschlossen. Leider nicht ganz so gut, aber ich bin trotzdem zufrieden. Es könnte besser sein, aber auch viel schlechter. Nach den Sommerferien wechsle ich auf eine andere Schule, um eine höhere Qualifikation zu erlangen. Was ich mal beruflich machen möchte? Keine Ahnung! Wie bereits erwähnt, für mich zählt das Hier und Jetzt. Was nützt es Pläne zu machen, die sich sowieso nie erfüllen werden? Das Leben in der Gegenwart zu genießen erspart eine Menge Enttäuschungen. Ich kann diese Einstellung jedem nur empfehlen. Auf dieser neuen Schule kenne ich übrigens niemanden, aber das ist mir egal. Allerdings weiß ich eines schon im Vorfeld. *Alle anderen sind mit Sicherheit komisch, oder?*

Wie dieses Buch entstanden ist:

Einige dieser Geschichten beruhen auf wahren Begebenheiten. Die Orte sowie alle Namen der beteiligten Personen wurden geändert.

Warum ich dieses Buch geschrieben habe?

Im Gegensatz zu Autismus ist der Begriff: Asperger-Syndrom vielen unbekannt. Doch meistens besteht selbst das Wissen über Autismus aus Quellen (Filme), die uns ein Bild proträtieren, das nur bedingt der Wahrheit entspricht.

Dieses Buch soll dazu dienen, auf anschauliche und unterhaltsame Art den Lesern eine andere Sichtweise auf das alltägliche Leben näherzubringen und damit vielleicht zum Nachdenken anzuregen. Natürlich sei an dieser Stelle ausdrücklich erwähnt, dass jedes Lebewesen ein Individuum ist und ein jeder anders handelt und denkt. Doch mit Toleranz und Verständnis findet jeder seinen Platz auf unserem schönen Planeten.

Ein herzliches **Dankeschön** an alle, die mir geholfen haben.

Meine fleißigen Lektoren: Burkhard Grünebaum, Nico Grünebaum und Ulrike Spieckermann. Tanja Graumann für die tollen Bilder und Uta Baumeister für die Covergestaltung.

Vielen Dank auch an Sie, liebe Leser für Ihre Neugier und Ihr Interesse sich mit dem Thema: Asperger zu beschäftigen. Wer weiß ...

Vielleicht haben auch Sie nun festgestellt:

"Alle anderen sind komisch"

Alles Gute wünscht Ihnen

Ihre *Martina Grünebaum*

Weitere Bücher von Martina Grünebaum:

Die Quote

Alles ging so schnell, dass die Dunkelheit bereits über ihn hereinbrach, bevor er begriff, dass er die Kontrolle über seinen Wagen verloren hatte...
Was verbindet das schöne Sauerland in Westfalen mit dem malerischen Cornwall in Südengland?
Wer ist der geheimnisvolle „Ihm"?
Welche „Quote" gilt es zu erfüllen?
Fragen über Fragen...

ISBN 978-3-935500-29-6   *11,90 € Paperback*
   ISBN 978-3-935500-36-4   *7,49 € E-Book*

Katzenwetter
Ein tierischer Sauerlandkrimi

Wer möchte schon alt und langweilig sein?

Als im Nachbarhaus eingebrochen wird, beschließt der schwarze Kater Kimba, seiner Katzenmitbewohnerin Filou zu beweisen, dass er trotz seiner sechszehn Jahre noch voller Tatendrang steckt. Gemeinsam mit ihr und einer Streunerkatze macht Kimba sich auf den Weg, die Diebe zu suchen. Getreu der alten Katzenweisheit: Tue es, wenn dir der Sinn danach steht. Doch ihr Ausflug wird schon bald zu einem großen Abenteuer, dass viele Gefahren für die drei Katzen bereit hält.

Werden Sie alle von der geplanten Mission zurückkehren?

ISBN 978-3-743117-58-7   *8,90 € Paperback*

Weitere Informationen unter:
martinagruenebaum@jimdo.com
www.triolit.de